KB183648

와인과 페어링

와인과 페어링

1판 1쇄 인쇄   2024년 12월 19일
1판 1쇄 발행   2024년 12월 30일

지은이   임승수
발행처   (주)수오서재
발행인   황은희 장건태
책임편집   마선영
편집   최민화 박세연
마케팅   황혜란 안혜인
디자인   권미리
제작   제이오
주소   경기도 파주시 돌곶이길 170-2 (10883)
등록   2018년 10월 4일(제406-2018-000114호)
전화   031)955-9790
팩스   031)946-9796
전자우편   info@suobooks.com
홈페이지   www.suobooks.com
ISBN   979-11-93238-51-6 (03810) 책값은 뒤표지에 있습니다.

슬기로운
방구석 와인 생활 2

와인과
페어링

임승수 지음

수오서재

차
례

페어링이라는
순간의 미학

와인 애호가의
통장은 소중하다

2부

좋아하는 사람과
맛있는 것을 먹는 행복

프롤로그

2015년 9월 6일 마흔이 넘은 나이에 처음 와인을 접했다. 유별나게 느껴질 정도로 맛있었던 기억이 여전히 생생하다. 아내와 사랑에 빠질 거라고는 예상했지만 음식과 사랑에 빠지리라고는 생각조차 못 했는데, 뭐 그렇게 되었다. 늦게 배운 도둑질이 밤새는 줄 모른다는 속담의 산증인이 되어 징하게 연애질을 했다. 그 좌충우돌 연애담을 나름 솔직하게 써서 《와인에 몹시 진심입니다만,》이라는 제목의 책으로 2021년에 출간했는데 감사하게도 과분한 사랑을 받았다.

하지만 연애 감정이라는 그 일상적이지 않은 온도는 오래 지속될 수 없기 마련이다. 아내와 연애하던 시절에는 초라한 찻집에서 서로 손만 잡고 있어도 좋았다. 심지어 손 근육의 미세한 떨림 하나하나에 의미를 부여할 정도로 설레었으니까.

하지만 지금은 옆에서 자던 아내의 발이 내 허벅지에 올라오기라도 하면, 가뜩이나 안 좋은 허리에 부담이 될까 싶어 얼른 밀쳐내기 바쁘다.

마찬가지다. 《와인에 몹시 진심입니다만,》 출간으로 뜨겁고 설레는 연애를 종결한 나는 이내 와인과의 결혼생활에 접어들게 되었다. 사랑하는 사람과 백년가약을 맺고, 경제 공동체가 되고, 아이가 생기면, 연애 때와는 다른 삶이 펼쳐지기 마련이다. 100℃로 펄펄 끓는 연애 시절에는 잘 모르던 상대의 단점이 도드라져 보이기도 하고, 반대로 나의 못난 부분도 상대에게 여과 없이 노출하게 된다. 하지만 그러함에도 결혼생활을 이어 나갈 수 있는 건 36.5℃라는 현실적 온도로 여전히 서로를 사랑하고 신뢰하기 때문이다.

이번에 독자분들께 내놓는 두 번째 와인 책 《와인과 페어링》은 마그마와도 같은 연애 기간을 지나 36.5℃의 은근함으로 와인을 사랑하는 방법에 관한 이야기다. 연애가 서로를 향해 다가가는 과정이라면, 결혼은 손잡고 어깨 걸고 서로 의지하며 인생의 최종 목적지를 향해 나아가는 과정이다. 어떤 이에게는 그 목적지가 신의 물방울이라고 할 만한 최고급 와인을 영접하는 것일 수도 있고, 누군가에게는 최대한 다양한 품종의 와인을 섭렵하는 것일 수도 있고, 또 다른 이에게는 와인에 관한 지식의 탑을 쌓는 일일 수도 있을 것이다.

내가 와인과 함께한 시간 중에서 유독 큰 만족감을 얻었던 순간들을 하나하나 복기해보면 일맥상통하는 공통점을 발견한다. 바로 음식이다. 천 길 낭떠러지처럼 아찔하게 매운 낙지볶음과 독일의 리슬링이 만났을 때, 존득하고 달콤한 개성주악과 소테른의 귀부 와인이 만났을 때, 겨울철 난로처럼 따스한 소곱창과 프랑스 샴페인이 만났을 때, 벌겋게 기름진 참치회와 부르고뉴 피노 누아가 만났을 때, 동네 회전초밥집의 배달 스시와 1만 원대 호주 스파클링 와인이 만났을 때, 담백하고 탱글탱글한 도미회와 이탈리아 소아베 와인이 만났을 때.

결혼이란 일상을 꾸준히 살아내는 일인데, 와인과 동반하는 삶은 어떤 측면에서 국제결혼이라 할 수 있다. 여기는 대한민국인데 매번 배우자 고향 나라의 풍습에 맞춰 스테이크를 굽고 파스타를 대령하고 이름도 어려운 치즈를 식탁에 올릴 수는 없는 노릇이다. 한국에 왔으면 이러거나 저러거나 결국 한국식으로 일상을 살아야 한다.

그런 의미에서 《와인과 페어링》에 등장하는 와인과 음식 조합은 배달 앱 클릭 한 번으로 손쉽게 구현할 수 있는 것이 대부분이다. 게다가 미안하게도 애호가들이 선망하고 추앙하는 보르도 좌안의 5대 샤토, 우안의 페트뤼스, 부르고뉴의 르루아, 미국 나파밸리의 정점 스크리밍 이글 같은 와인은 코빼기도 보이지 않는다. 내가 그런 와인을 마실 만한 경제력도 없거니와 설사 12개월 할부를 돌려서 간신히 구매한다 한들 그것은 내가 추구하는 목적지에서 벗어나는 일이기 때문이다. 부담 없는 가성비 와인을 선택해 끝내주게 어울리는 K-푸드와 곁들였을 때 얻는 만족감과 뿌듯함. 그만큼이나 효율적인 행복을 나는 아직 알지 못한다.

　　뜨거운 연애 시기를 지나 36.5℃의 지속가능한 와인 라이

프를 지향하는 분들에게 《와인과 페어링》이 조금이나마 도움이 되기를 바란다. 세상의 별처럼 많은 책 중에 굳이 이 책을 선택해주신 것에 작가로서 진심으로 감사할 따름이다. 덕분에 여전히 글을 쓸 힘과 용기를 얻는다.

글로 책을 빚는

임승수

1부

페어링이라는
순간의 미학

실패 확률을 줄이기 위한 여정

소비뇽 블랑과 포케

와인 에세이집까지 낼 정도로 제법 진심인 애호가이지만 여느 술꾼들처럼 그렇게 자주 마시는 편은 아니다. 알코올 함량이 제법 되는 술이다 보니 건강을 생각해 일주일에 한두 번 집에서 아내와 즐기는 정도다. 그 정도로 과연 진심이라고 할 수 있겠느냐고? 견우와 직녀가 일 년에 한 번 만난다고 해서 그 사랑이 가짜는 아니지 않은가. 오히려 애틋한 마음만 커질 뿐이다.

그래서일까? 일주일에 한두 번 돌아오는 그 시간만큼은 특별한 순간으로 만들고 싶다는 욕망이 강하다. 공들여 준비한 와인과 음식의 조합이 성공적이면 그렇게나 기분이 좋건만 반대로 기대에 못 미치면 아쉬움과 실망감도 제법 크다. 매일 마신다면야 과감하고 모험적인 시도를 할 수도 있겠으나, 일주일에 한두 번인 만큼 실패 확률을 줄이기 위해 보수적으로 판단하게 된다.

하여, 다른 이들의 체험담을 주의 깊게 살핀다. 특정 음식과 와인의 조합이 훌륭했다는 후기를 접하면 호기심과 기대감으로 따라 해보기도 한다. 그렇게 와인 관련 커뮤니티 게시판 이곳저곳을 드나들며 체험기를 살펴보았는데 소비뇽 블랑 *Sauvignon Blanc*과 스시의 조합이 괜찮았다는 후기가 종종 눈에 들어왔다. 소비뇽 블랑! 가격도 저렴하고 마트에서 구하기 쉬운 품종 아닌가. 호기심이 발동했다. 하지만 예전부터 샤르도네 *Chardonnay* 품종으로 만든 스파클링 와인과 스시의 조합에 상당히 만족하기도 했고, 소비뇽 블랑의 쨍한 신맛을 다소 부담스러워하는 편이기도 해서 굳이 시도하지는 않았다.

그렇게 게시판을 서성이다가 부지불식간 가랑비에 옷 젖

어버렸다. 심심할 만하면 소비뇽 블랑과 스시 조합 글을 마주치다 보니, 속는 셈 치고 한번 시도해볼까 싶은 마음이 스멀스멀 자라났기 때문이다. 어느 날 저녁 내 앞에는 뉴질랜드산 소비뇽 블랑과 배달 스시가 놓여 있었다. 이러니 광고회사들이 바이럴 마케팅에 사활을 거는 것 아니겠나.

마침 출출했던 터라 찐빵 모자처럼 해산물을 눌러쓴 밥 덩이를 허겁지겁 털어 넣고 꾹꾹 씹었다. 와인을 마실 테니 굳이 고추냉이 간장에 찍지는 않았다. 적당히 끈기 있는 밥알과 탱글탱글한 해산물이 입안으로 들어가 모자가 훌러덩 벗겨질 정도로 디스코팡팡을 하다가 식도로 내려갔다. 드디어 소비뇽 블랑 차례다. 긍정적인 후기를 여럿 접한 터라 기대감을 품고 한 모금 들이켠 후 차분하게 음미했다.

음, 궁합이 나쁘지는 않지만 그렇다고 해서 찰떡처럼 잘 맞는다고 하기에는 다소 애매했다. 소비뇽 블랑 특유의 녹색 풀 뉘앙스와 쌉쌀한 자몽 풍미가, 담백하고 감칠맛 풍부한 스시의 여운과 그다지 어울리지 않는다고 느꼈기 때문이다. 한참 잔잔한 클래식 음악을 듣고 있는데 맥락 없이 록밴드가 난입한 느낌이랄까? 물론 이런 평가는 지극히 나의 개인적 취향에

의존한 것이지만, 어쨌든 실제로 그렇게 느꼈으니 거짓으로 말할 수는 없는 노릇이다. 역시 스시에는 샤르도네로 만든 스파클링 와인이 그만이다.

그렇게 생각을 정리하며 잔에 담긴 소비뇽 블랑의 향기를 맡고 있는데 번뜩 떠오르는 음식이 있었다. 바로 하와이 전통 음식인 포케다. 맞아, 이거야! 푸릇푸릇 개성이 강한 소비뇽 블랑에는 사군자 그림같이 차분하고 담백한 스시보다 조선 민화처럼 날것의 생명력과 신선함이 넘쳐흐르는 포케가 잘 어울리겠다는 예감이 들었다.

포케를 알게 된 것은 신문물에 관심 많은 아내 덕분이다. 포케는 하와이어로 '자르다', '십자형으로 조각내다'라는 뜻이다. 깍둑깍둑 썬 참치나 연어에 각종 야채와 견과류 및 곡류를 곁들여서 소스로 쓱쓱 비벼 먹는 음식이다. 야채를 충분히 먹을 수 있고 다양한 식재료가 들어가는 데다가 느끼하지 않고 신선하다며, 아내는 포케를 무척이나 즐긴다. 나 역시 아내의 의견에 상당히 공감하는 편이다. 이래저래 미심쩍은 가공식품이 판을 치는 세상에서 수렵 채집 시대의 원초적 건강함을 여전히 견지하고 있는 음식이랄까.

일단 꽂히면 순도 100%의 조급함이 발동하는 기질이다 보니, 포케에 곁들일 소비뇽 블랑 와인 두 병을 바로 구매했다. 각각 뉴질랜드산 스톤 베이 소비뇽 블랑*Stone Bay Sauvignon Blanc*, 프랑스산 무통 카데 소비뇽 블랑*Mouton Cadet Sauvignon Blanc*이다. 소비뇽 블랑의 대표적 산지인 뉴질랜드와 프랑스를 비교 체험하고 싶었기 때문이다.

뉴질랜드 소비뇽 블랑은 대체로 산도가 쨍하고 향이 강렬한 데 반해, 프랑스산은 상대적으로 점잖고 절제된 느낌이다. 이러한 캐릭터의 차이가 음식과 어울림에 있어서 어떻게 작용할지 궁금했다. 두 와인 모두 가성비가 뛰어나기로 유명한 데다가 가격도 2만 원 언저리로 비슷해서 기량을 견주기에 적절했다.

드디어 결전의 날이 왔다. 배달 앱에서 포케로 검색했더니 무려 스물아홉 곳의 매장이 나온다. 확실히 요즘 핫한 음식이구나. 한 매장의 메뉴를 살펴보다가 '아보카도 연어 샐러드 포케', '갈릭 쉬림프 샐러드 포케', '훈제 오리 샐러드 포케', 이렇게 세 가지를 주문했다. 조리 시간이 짧은 음식이다 보니 금세 도착했다. 가공식품 섭취로 오염된 체세포를 원시 인류의 체세포 수준으로 정화하겠다는 일념으로 성실하게 섭취하기 시작했다. 용기 안 풀때기를 한 수저 가득 떠서 꼭꼭 씹다 보면 어느덧 민트 치약으로 양치한 듯한 신선함과 개운함이 입안에서 감돈다. 그 여운이 사라지기 전에 얼른 푸릇푸릇한 소비뇽 블랑을 주입했다.

일단 프랑스산 무통 카데부터 시작해서 그다음에 뉴질랜드산 스톤 베이의 순서로 마셨다. 아무래도 맛과 향이 강렬한 뉴질랜드산을 나중에 마시는 쪽이 정확하게 판단하기에 더 낫다고 생각했다. 포케, 그리고 두 와인을 어느 정도 체험한 후 아내에게 의견을 물었다.

"역시 포케와 소비뇽 블랑이 잘 어울리네."
"맞아. 정말 그래."
"프랑스산과 뉴질랜드산 중에 어떤 게 느낌이 더 좋아?"
"나는 프랑스가 나아. 맛과 향이 절제되어 있어서 음식 하고 더 잘 어울려. 뉴질랜드도 좋긴 한데 너무 존재감이 커서 상대적으로 살짝 겉도는 느낌이야."
"그래도 와인만 마신다면 뉴질랜드산이 프랑스산보다 더 인상적이지 않을까?"

"글쎄, 단독으로 마셔도 프랑스산이 더 나을 것 같아. 뉴질랜드 소비뇽 블랑은 계속 마시다 보면 좀 질릴 것 같거든."

물론 산전수전 다 겪은 노련한 아내는 이런 의견이 그저 자신의 취향일 뿐이라며 혹시나 있을 논란 혹은 논쟁을 미연에 차단한다. 반박 시 네 말이 맞다는 얘기겠지. 그렇다면 내 의견은 어떨까? 나는 둘 다 좋았다. 풍미는 뉴질랜드가 확실히 강렬하다. 와인 그 자체에 집중하는 사람이라면 직관적이고 노골적인 뉴질랜드산 스톤 베이에 조금 더 끌릴 것 같다. 프랑스가 더 좋았다는 아내 의견 또한 공감한다. 확실히 무통 카데의 절제미는 음식과의 공존에서는 다소 유리하다고 본다. 하지만 그렇게 우열을 가린다 한들 한 녀석이 95점이라면 다른 녀석은 93점에서 94점 정도의 차이랄까? 어차피 둘 다 멋진 녀석인 건 틀림없는 사실이다. 안 그래도 이래저래 골치 아픈 세상, 고민하지 말고 마음 가는 대로 선택해서 편하게 즐기면 되지 않을까 싶다. 고민에도 에너지와 시간이 소요되니 말이다.

술과 고기가 보여준 미각의 절경

샤르도네와 돼지고기

왠지 그런 날 있지 않은가. 명백하게 단백질이 부족하다고 느껴지는 날 말이다. 그런 상태를 적확하게 표현한 문장이 있으니 바로 '몸이 허하다'이다. 사실 짐작 가는 바는 있었다. 며칠 동안 체중이 68킬로그램 수준을 꾸준히 유지했기 때문이다. 원래 70킬로그램을 살짝 넘었는데 식사량 조절을 통해 감량에 성공했다. 걷잡을 수 없는 단백질에 대한 탐욕은 아마도 꾸준한 식사량 감소를 감지한 뇌의 강력한 반발 아닌가 싶다.

감량을 결행한 것도 뇌(의식)고, 몸이 허하다며 고기 섭취를 재촉하는 것도 뇌(무의식)다. 둘 다 나라는 존재의 일부분을 구성하는 요소인데, 과연 어느 장단에 춤을 춰야 하나.

무의식과 의식의 각축 끝에 대략 300그램의 고기를 섭취하는 걸로 타협했다. 스마트폰 배달 앱을 만지작거리다가 타이밍 좋게 눈에 띈 건 B마트에서 판매하는 '금돼지식당'의 한돈 냉장 등심덧살(가브리살) 포장육이었다. 이럴 때면 스마트폰이 뇌와 링크되어 있나 싶어 놀라게 된다. 소고기가 노출되지 않은 걸 보면 내 호주머니 사정까지 꿰뚫고 있다는 얘긴데. 미슐랭 가이드에도 선정된 맛집의 고기를 주문하고 30분 안에 배달로 받을 수 있다니, 세상 참 좋아졌구나.

예전에는 어떻게 술 없이 고기를 잘도 섭취했을까? 와인에 맛을 들인 이후 술 없이 고기를 먹는 일은 상상하기 어려운 지경에 이르렀다. 서로 잘 어울리는 와인과 음식이 만나면 그 시너지 효과가 어마어마하기 때문이다. 컬러텔레비전에 눈을 떴는데 흑백텔레비전이 성에 찰 리가 없지 않은가.

돌이켜보면 돼지고기에 안성맞춤인 와인을 발견하는 과정

은 시행착오의 연속이었다. 와인에 막 빠져들었을 시기에는 육류라면 당연히 레드 와인이라고 생각했다. 미국 나파밸리 *Napa Valley*의 카베르네 소비뇽*Cabernet Sauvignon* 품종에 한참 맛 들였던 때라, 삼겹살에 나파밸리 출신 녀석을 자연스럽게 곁들였다. 응당 잘 어울릴 줄 알았는데 한 점 두 점 세 점, 고기를 집어 먹을수록 느끼한 맛에 물리는 것 아닌가.

나파밸리 와인이 대체로 여타 레드 와인에 비해 산미가 적고 과실 향과 연유 향, 초콜릿 향이 강한 편이다. 그 특유의 연유 향이 삼겹살의 느끼함과 만나니, 좀 심하게 얘기하자면 삼겹살 한 점 먹고 우유를 마시는 것과 같은 느낌을 받았다. 느끼한 맛에 대한 역치가 유독 낮은 나로서는 거부감이 느껴질 수밖에 없었다.

그 경험이 있고서야 돼지고기의 느끼함을 잡아주기 위해서는 산미가 제법 살아 있는 와인이 필요하다는 사실을 깨닫게 되었다. 이런저런 정보들을 찾아보니 대체로 이탈리아 레드 와인들이 산미가 강한 편이라 돼지고기에 추천하는 경우가 많았다. 그중에서도 이탈리아 토착 품종인 산지오베제 *Sangiovese* 포도로 만든 와인이 자주 눈에 띄었다.

그리하여 산지오베제 와인을 구해서 돼지고기와 곁들여 마셔보았다. 이탈리아 토스카나*toscana* 키안티*Chianti* 지방이 산지오베제의 산지로 유명해 키안티 와인을 선택했다. 확실히 연유 향이 강한 나파밸리 와인보다 돼지고기와 훨씬 잘 어울렸다. 하지만 아쉬운 부분이 있었다. 산도가 높은 특성은 돼지고기와 잘 어울리지만, 뭔가 맛의 중간 부분이 텅 빈 느낌이 들었다. 축구에 비유하자면 공격수와 수비수만 있고 미드필더가 없어서 뻥축구를 하는 단조로움이랄까? 신맛(공격)과 타닌(수비)에 비해 여타 요소들이 약해 그렇게 느껴지는 듯했다. 물론 풍부한 풍미의 고급 키안티 와인들도 있긴 하지만 상대적으로 가격대가 높아 가벼운 반주용으로 마시기에는 부담스러웠다.

그렇게 돼지고기의 영혼의 동반자를 찾아 헤매다가 의외의 카테고리에서 찰떡궁합인 녀석을 만나게 되었으니 바로 샤르도네다. 화이트 와인의 대표적인 품종이지만 화이트 와인에는 해산물이라는 판에 박힌 공식에 얽매여 한동안 육류와 함께 마실 생각 자체를 못 했다. 게다가 갓 와인에 빠져들었던 시기에는 와인 하면 역시 레드라는 통념에 사로잡혀 화이트 와인에 손이 잘 가지 않기도 했고.

샤르도네를 돼지고기와 먹게 된 계기는 와인 관련 앱 덕분이었다. 와인 애호가들이 자주 사용하는 비비노*Vivino* 앱은 와인을 검색하면 'Food that goes well with this wine'이라는 항목이 따로 있어서 어울리는 음식을 추천해준다. 마침 구매한 샤르도네 와인을 비비노 앱으로 검색하니 제일 먼저 추천하는 음식이 돼지고기였다. 그렇게 해서 돼지고기와 샤르도네의 궁합을 처음 경험했는데, 키안티 와인쯤은 가뿐하게 제압하는 그 놀라운 시너지 효과에 감탄사를 연발했다.

이제 그 구체적 사례를 제시하기 위해 드디어 금돼지식당 등심덧살이 전면에 등장할 때다. 얼마 만의 고기인지. 간만에 불판을 꺼내어 가스레인지 위에 올리고서는 손바닥만 하게 썰린 고기들을 한 덩이씩 올려놓는다. 적당하게 익으면 가위로 먹기 좋게 잘라주는데, 어느덧 노릇노릇하게 구워진 고기의 온기를 타고 인절미 콩가루처럼 고소한 돼지고기 특유의 냄새가 피어오른다. 침샘이 제대로 기능하고 있다면 어느새 입안은 범람 직전의 하천과도 같은 상태다.

일단 고기 자체의 기량을 확인하기 위해 쌈장이나 소금 같은 외부적 요인을 일체 배제하고 순수한 한 점을 입에 투여한 후 수십 년째 단련한 규칙적 저작 운동에 돌입한다. 유명한 음식점의 고기라 그런지 누린 잡내 하나 없이 깔끔하고 고소하다. 냉동이 아닌 냉장 고기라서 푸석푸석하지 않고 쫀득쫀득 씹히는 맛이 그만이다. 희한하게도 극미량의 소금으로 간을 한 것 같은 은은한 짠맛이 기분 좋게 배어 있다. 따로 기름장이 필요 없을 정도다.

시원하게 준비해놓은 영혼의 동반자는 코노 수르 비씨클레타 언오크트 샤르도네Cono Sur Bicicleta Unoaked Chardonnay 2020이다. 집 근처 홈플러스에서 약 1만 5,000원에 구매했다. 할인하면 9,000원대에 판매하기도 하는 저렴한 와인이다. 코노 수르Cono Sur는 칠레의 와인 회사명, 비씨클레타Bicicleta는 스페인어로 자전거, 언오크트Unoaked는 숙성할 때 오크통을 사용하지 않았다는 의미다. 유리병과 라벨에 새겨진 자전거가 눈에 들어오는데, 포도를 보호하고 이산화탄소 배출을 줄이기 위해 자전거를 타고 포도밭을 누비는 코노 수르 직원들을 상징한다고 한다.

뜨끈한 고기를 잘근잘근 씹어 섭취한 후에는 역시 시원한 술 한잔이 그만이다. 오크통 숙성을 하지 않아 신선하고 청량한 과실 향을 그대로 유지한 깔끔한 샤르도네를 한 모금 들이켜자 민트 향 가득한 치약으로 정성껏 칫솔질한 후에나 만끽할 개운함이 구강 내부를 휘돌아 감싼다. 어라? 돼지고기의 특유의 느끼함은 도대체 어디로 실종되었지? 입안을 헹군 샤르도네가 식도로 내려가며 함께 데려갔구나. 돼지의 둔중한 고소함에 샤르도네의 경쾌한 산미와 풋풋한 꽃향기가 어우러져 마치 보슬비 온 뒤 산 중턱에 걸린 안개처럼 서늘하게 구강 내부를 감도는데, 과연 미각의 절경이다 싶다.

그나저나 코노 수르 비씨클레타 언오크트 샤르도네, 이놈 물건이네. 별로 기대하지 않고 마셨다가 가격대를 훌쩍 뛰어넘는 성능에 눈이 동그래졌다. 저가 샤르도네에서 종종 감지되는 쓴맛이나 인위적인 조작 느낌도 없고 목 넘김이 부드러운데다가 맛의 밸런스가 뛰어나다. 최근 마셨던 1만 원대 화이트 와인들이 대부분 실망스러웠는데 이 녀석은 그야말로 5만 원짜리 로또에 당첨된 정도의 만족감을 준다. 어쩐지 그동안 샀던 로또가 모조리 꽝이다 싶더니, 이 와인에 당첨되려고 그랬나 보다.

저렴한 와인을 대하는 태도

피노 누아와 애호박전

와인에 갓 관심을 가지게 된 시절의 나는, 빈한한 작가 나부랭이 주제에 저렴한 와인에 대한 선입견으로 가득 차 있었다. 1만 원대 와인은 손수레에서 아무렇게나 파는 번데기, 다슬기처럼 얕잡아 보았달까. 그래도 와인이 3만 원 정도는 되어야 제구실하지 않겠나 싶었다. 그러한 판단의 근거? 전혀 없었다.

그랬던 내 편견이 여지없이 깨진 순간을 아직도 기억한다. 2015년의 어느 날이었을 것이다. 마트에서 수입사 직원의 추천으로 구매한 1만 원대 와인 한 병이 천덕꾸러기인 마냥 싱크대 밑 수납공간에 널브러져 있었다. 3만 원대 와인은 셀러나 냉장고에 가지런히 놓여 있는데도 말이다. 종이컵에 담아 먹는 번데기나 다슬기 취급을 한 게지.

마침 전날 먹다 남은 감자전, 애호박전이 주방에 있길래 허기를 채우려고 젓가락으로 야무지게 집어서 우적우적 씹는 중이었다. 전 특유의 느끼하고 기름진 맛을 나름 우아하게 씻어내려고 싱크대 밑의 그 녀석을 무작정 열어서 마셨다. 가격이 가격인지라 별 기대가 없었는데 예상을 뛰어넘는 맛에 놀라 라벨에 그려진 양의 얼굴을 새삼 자세히 들여다보았다. 1만 원대 초반 와인도 꽤 맛있구나. 아무렴 좌판에서 파는 번데기나 다슬기도 맛있는데 말이야.

그래서, 와인 이름이 뭐냐고? 르 그랑 누아 피노 누아*Le Grand Noir Pinot Noir*다. 르 그랑 누아*Le Grand Noir*는 제품명이고, 피노 누아*Pinot Noir*는 포도 품종이다. 특히 애호박전과의 궁합이 인상적이었다. 개인적으로 애호박전 특유의 촉촉한 질감을 좋아한다. 깻잎전, 육전 같은 것들은 계란옷 내부에 육덕지고 뻑뻑한 질감의 내용물로 그득하지만, 애호박전은 치아가 계란옷을 파고들면 애호박이 품고 있는 촉촉한 물기와 만나게 된다. 그것이 마치 육수 품은 샤오룽바오처럼 인상적이다. 그 특유의 질감은 따뜻한 물에 족욕을 하는 것과 같은 나른한 느낌을 주는데, 육체파 전의 섭취로는 체험할 수 없는 힐링의 맛이다.

애호박전 특유의 부드러움과 촉촉함을 여유롭게 탐닉한 후 섬세하고 부드러운 피노 누아 한잔을 살포시 들이켠다. 오! 족욕 후 제공되는 부드러운 마사지라고나 할까. 그 순간 전신 안마의자에 몸을 의탁했을 때나 지어질 법한 미소가 머금어진다. 물론 인간의 기억은 그렇게 신뢰할 만한 게 아니다. 온갖 해괴한 미사여구를 동원해 묘사한 애호박전과 1만 원대 피노 누아의 저세상 궁합도 무려 8년 전 일이다. "내가 소싯적에"로 시작하는 회고담 따위가 얼마나 신뢰도가 떨어지는지 우리는 잘 알고 있지 않은가. 상당 수준의 기억 왜곡 혹은 미화가 있을 가능성을 배제하기란 어렵다.

그리하여 검증 작업에 들어갔다. 가까운 마트에서 르 그랑 누아 피노 누아를 구매하고 배달 앱으로 모둠전(애호박 포함) 주문을 넣었다. 배달 오기를 기다리며 8년 전 마우스필의 추억을 되새기다가 문득 재밌는 아이디어가 떠올랐다. 레드와 화이트 중 어느 쪽이 전과 더 잘 어울리는지 대결을 붙이자. 얼마 전 마셨던 1만 원대 화이트 와인이 참 괜찮았지. 돼지고기와 찰떡궁합이었는데 과연 전하고는 어떨까? 마침 한 병 더 사놓은 게 냉장고에 있어서 냉큼 꺼냈다.

언제나처럼 식탁 맞은편에는 아내가 앉아 있다. 이제 전을 섭취한 후 레드와 화이트를 각각 마시고 품평에 들어갈 순간이다. 부부가 두 병을 다 마시기는 좀 버겁지 않냐고? 뭐가 걱정인가. 주량껏 마시고 남은 와인은 보관했다가 며칠 후 다시 마시면 되지. 하루만 지나도 와인이 산화되어 맛과 향이 한풀 꺾이는데? 와인을 좀 아는 분이구먼. 하지만 나에게 다 대책이 있다. 나중에 좀 더 자세히 설명할 기회가 있을 텐데, 일단 250mL 용량의 보르미올리 스윙보틀만 있으면 된다.

와인 한 병이 750mL이니 스윙보틀 세 개에 옮겨 담을 수 있다. 스윙보틀에 와인을 가득 채우면 병 안에 유입된 공기량이 극히 적어 산화를 늦출 수 있다. 이렇게 냉장고에 보관하면 며칠 있다 마셔도 상태가 썩 괜찮다. 이런 꼼수를 쓰게 된 건 와인을 매일 한 잔씩 마시기 위해서였다. 누가 말하지 않았나. 행복은 강도가 아니라 빈도라고. 며칠 간격으로 한 병을 마시는 것보다 저녁 식사 때 아내와 매일 한 잔씩 마시면 소소하나마 행복의 빈도가 잦아진다. 와인 한 병을 250mL짜리 스윙보틀 세 개에 나눠 담고 하나씩 꺼내어 먹는 그 꿀맛이란.

주문한 모둠전이 도착했다. 드디어 추억의 레드 와인을 개봉해 잔에 따라내어 한 모금 맛보았다. 어? 예전에는 드라이한 것 같았는데 오늘은 살짝 잔당감이 있네? 1만 원대임을 고려하면 나쁘지는 않지만, 그래도 뭔가 아쉽다. 8년 전 기억은 정녕 왜곡과 미화의 결과물이었던가.

일단 찝찝함은 제쳐놓고 레드와 화이트 비교 체험에 들어갔다. 묵직한 깻잎전 하나를 와구와구 씹은 후 레드 와인을 마셨다. 잠시 후 똑같은 방식으로 화이트 와인을 마셨다. 확연한 차이가 감지된다. 어느 쪽이 이겼냐고? 레드가 훨씬 낫다. 화이트에 비해 타닌과 바디감이 강한 레드는 깻잎전의 뻑뻑하고 묵직한 질감과 한층 자연스럽게 어우러진다. 그에 비하면 화이트와 깻잎전은 서로 서먹서먹하다. 스포츠에 비유하자면 깻잎전이 역도 선수고 화이트 와인이 피겨 스케이팅 선수인데, 무슨 일인지 한 체육관(구강)에서 두 종목 대회를 동시에 치르는 격이랄까. 어색하지 않을 리가 없다.

아내 역시 화이트보다 레드가 낫단다. 평소 화이트 와인의 열혈지지자인 아내조차 손을 들어줄 정도이니 레드의 완벽한 승리다. 이제 화이트는 저만치 밀어놓고 레드 위주로 술잔을 기울였다. 아내와 두런두런 대화를 나누다가 어느덧 마지막 잔이 남았을 때였다. 이것 봐라? 갑자기 와인이 왜 이렇게 맛있어졌지? 갓 개봉했을 때보다 잔당감이 누그러들고 맛의 균형감이 몰라볼 정도로 좋아졌다. 어이쿠! 이 와인을 너무 섣부르게 판단했다. 애초에 30분이라도 브리딩을 하고 마셨다면 훨씬 나았을 텐데.

브리딩breathing은 와인을 개봉해서 공기와 접촉하게 만드는 행위를 의미한다. 와인은 대체로 개봉해서 바로 마셨을 때보다 일정 시간 동안 공기와 접촉하면 떫은맛이 한결 부드러워지고 맛과 향의 밸런스가 개선된다. 특히 고급 와인의 경우는 그 차이가 더욱 극명해서 와인 애호가들은 마시기 서너 시간 전부터 애지중지 브리딩을 하기도 한다. 저렴한 레드 와인도 대체로 30분 정도 브리딩을 하면 맛과 향이 개선되는데, 나는 갓 개봉해서 달랑 한 모금 마시고서는 기대에 못 미친다고 타박한 것이다. 3만 원대 레드 와인이었다면 더 신경 써서 브리딩 했겠지.

  겸연쩍은 마음으로 라벨 속 양의 얼굴을 바라보다가 문득 내가 1만 원대 와인과 다를 게 뭐가 있을까 싶었다. 직업이 작가다 보니 또래 직장인들과 비교해 수입이 적은 편이다. 와인을 위해 여타 비용을 줄이다 보니 옷이라고는 몇 년간 제대로 사 입은 기억이 없다. 고로 행색은 수수함과 초라함의 경계를 넘나든다. 내 글이나 책을 읽은 극소수 독자가 아니고서야 누가 나를 1만 원대 와인 이상의 존재로 여기겠는가. 처음 만난 사람이 나를 위아래로 훑어보고서는, 내가 1만 원대 와인을 대했던 방식 그대로 나에게 했다면 분명 무시당한 기분이 들었을 것이다. 와인아. 서로 비슷한 처지인데 서운하게 대해서 미안하다. 다음번에 또 만난다면 꼭 정성 들여 30분 이상 브리딩 할게.

한정된 기회에서 최선의 결과를

와인과 피아노. 두 취미에 대해서 언론사에 글을 연재했다. 댓글 반응은 대서大暑와 대한大寒의 온도 차이만큼이나 달랐다. 피아노 글에는 응원하는 댓글이 달렸지만, 와인 글에는 악플이 포도알처럼 주렁주렁 열렸다. 시국이 어수선한데 무슨 와인이냐, 막걸리에 소주나 마시지 무슨 와인이냐, 마르크스주의 책을 쓴 사람이 무슨 와인이냐 등등.

피아노 연주는 뭔가 고상하고 예술적인 취미지만, 음식을 먹고 와인을 마시는 건 그저 본능적이고 세속적인 일로 여기는 듯했다. 베토벤 피아노 소나타를 연습하는 마음가짐과 와인과 음식의 페어링을 고민하는 마음가짐이 크게 다르지 않은 나로서는, 둘 모두를 진지한 행위로 여기는 나로서는, 선뜻 수용하기 어려운 온도 차이였다. 피아노 연주는 무죄, 와인 음용은 유죄라는 이 편파적 구형에 맞서 소심하게나마 변론을 해보고 싶어졌다.

일단 미각이라는 녀석의 근원으로 거슬러 올라가 보자. 진화론에서는 생명체의 생존과 번식 확률을 높이는 방향으로 미각이 발전했다고 본다. 생명체 대부분은 외부로부터 음식을 섭취해 에너지를 얻는데, 미각은 유익한 음식을 선택하고 유해한 음식을 가려내어 필요한 영양소를 섭취할 수 있도록 하는 중요한 생존 메커니즘이다.

가령 어떤 종種이 치명적인 독극물에서 극상의 맛을 느낀다고 하자. 맛있다고 청산가리 같은 걸 마구 먹어대다 보면 얼마 못 가서 사망할 테고 그 종은 필연적으로 멸종한다. 자기 몸에 좋은 음식물을 섭취했을 때 맛있다고 느끼는 생명체가 생존 및 번식 확률이 올라가는 건 당연지사다. 청각 또한 개체의 생존과 번식 확률을 높여주는 센서로 진화해 왔다는 점에서, 미각과 본질적으로 다르지 않다. 이러한 진화적 압력 속에서 억겁의 시간을 보내며 생존한 종은 제법 성능이 뛰어난 미각 센서와 청각 센서를 장착하게 된다.

그런데 생산력이 발전하고 사회가 풍요로워질수록 인간이 센서를 활용하는 방식에 근본적 변화가 발생한다. 단순히 생존 확률을 높여주는 역할을 했던 센서의 신호를 좀 더 적극적으로 탐닉하고 향유하게 된 것이다. 정도의 차이는 있겠으나 모든 문명에서 발견되는 다채로운 요리와 음악은 그러한 경향성을 여실히 증명한다. 굳이 그렇게 하지 않아도 생존과 번식에 아무런 지장이 없지만, 인간은 시간과 노력을 들여 요리 실력을 연마하고 더욱 맛있는 요리를 개발한다. 거대한 교향곡을 작곡하고 평생을 갈고닦은 악기 실력으로 그 곡을 연주하며 수많은 사람이 일부러 시간을 내 초집중 상태로 감상한다.

현재 인류가 누리는 문화는 생존의 '수단'이자 진화의 '부산물'에 불과했던 감각이 어느덧 삶의 '목적'으로 격상되었다는 증거다. 우리는 그러한 목적의식적 활동의 결과물을 예술이라고 부른다. 그런데 피아노를 연습하며 감동적인 소리를 추구하면 멋있다고 하지만, 와인과 음식의 페어링을 시도하며 감동적인 맛을 추구하면 염병한다고 한다. 왜 청각만 존대하고 미각은 천대하는가. 심지어 음악은 안 들어도 살 수 있지만 음식은 먹지 않으면 살 수 없는데도. 어쩌면 생존 그 자체와 가장 긴밀하게 엮인 감각이라 가치를 제대로 인정받지 못하는 것일지도 모르겠다.

억한 마음에 푸념을 늘어놓기는 했으나, 예술로 인정받느냐와는 별개로 수많은 사람이 와인과 음식이 어우러져 빚어내는 미각적 성과물에 매료된다, 마치 임윤찬 피아니스트의 라흐마니노프 피아노 협주곡 3번에 매료되듯이. 물론 그 성과물이란 것이 느닷없이 우리에게 모습을 드러내는 건 아니다. 그 옛적 단선율 음악이 진화하여 화성 음악이 되고 어느덧 라흐마니노프의 피아노 협주곡으로 발전하듯이, 와인과 음식의 페어링 또한 나름의 진화 과정을 거치며 복잡하고 정교해졌다.

플리니우스의 《박물지Naturalis Historia》나 아피키우스의 《요리서De re coquinaria》 같은 고대 로마 문헌에 따르면 로마인들은 빵을 와인에 적셔 먹었으며 와인에 꿀을 섞은 물숨

Mulsum을 식전주로 사용했고 구운 고기에 고급 와인인 팔레르니안*Falernian*을 즐겼다고 한다. 14세기 프랑스 왕실의 전속 요리사 기욤 드 티렐이 쓴 《타유방의 요리서*Le Viandier de Taillevent*》에는 와인을 요리 재료로 활용하는 다수의 기록이 남아 있는데, 아래의 글은 그 예다.

가금 커민 요리

집에서 기르는 날짐승 고기를 포도주와 물로 익힌 다음 사분하여 비계 기름에 튀기라. 포도주를 약간 마련하여 부용에 붓고 체에 거른 다음 고기와 함께 끓이라. 버주스와 포도주에 담근 생강과 커민 약간과 함께 달걀노른자를 듬뿍 마련하여 잘 휘젓고, 불에서 멀찌감치 떨어져서 포타주 안에 풀어 넣으라. 뒤끓지 않게 조심하라.

하지만 이러한 정도로는 음악으로 치자면 단선율 음악과도 같아서 와인-음식의 페어링의 전문화 및 체계화와는 거리가 먼 것이 사실이다. 현대적 의미의 와인-음식 페어링에 선구자 역할을 한 사람은 앙드레 시몽*André Simon, 1877~1970*이다. 프랑스 태생으로 영국에서 와인 상인으로 활동했으며 1933년에 국제 와인 & 음식 협회*IWFS*를 창립해 와인-음식 페어링의 대중화에 힘을 쏟았다. 그는 여러 권의 책을 썼는데 1956년에 출간한 《The Wine and Food Menu Book》에서는 1월부터 12월까지 달마다 12가지 와인-음식 페어링을 소개하며 총 144가지 메뉴와 500종 이상의 와인을 다룬다.

사회가 풍요로워질수록 요리 가짓수와 와인 종류는 끊임없이 늘어나며 전보다 더 많은 사람이 와인-음식 페어링에 관심을 가진다. 와인-음식 조합의 가짓수는 무한대로 늘어났으나 안타깝게도 이 모든 조합을 개인이 일일이 경험할 수는 없는 노릇이다. 하루 섭취 음식량도 제한적인 데다가 과도한 음주는 건강을 크게 해치기 때문이다. 그러니 한정된 기회에서 최선의 경험을 뽑아내기 위해서는 와인-음식 페어링 지침이 필요하다. 여러 음이 동시에 울릴 때 조화를 이루려면 엄격한 화성법이 필요한 것처럼.

현재 와인-음식 페어링 분야의 최고 전문가로 인정받는 캐런 맥닐*Karen MacNeil*은 자신의 저서 《더 와인 바이블*The Wine Bible*》에서 와인-음식 페어링의 10가지 원칙을 다음과 같이 제시한다.

1. 고급 요리에는 고급 와인, 소박한 요리에는 소박한 와인을 페어링한다.

2. 섬세한 음식에는 섬세한 와인을, 강렬한 음식에는 강렬한 와인을 페어링한다.

3. 페어링할 때 음식과 와인의 풍미를 상호보완적으로 할지 대조적으로 할지 선택한다.

4. 해당 와인 품종이 얼마나 음식 친화적인지를 고려한다.

5. 과일이 들어간 요리에는 과일 향이 강한 와인이 잘 어울린다.

6. 짠맛 나는 음식은 산미가 있는 와인과 좋은 대조를 이룬다.

7. 짠맛 나는 음식은 단맛 나는 와인과 좋은 대조를 이룬다.

8. 고지방 음식은 진하고 강한 풍미의 와인과 잘 어울린다.

9. 감칠맛 나는 음식은 와인과 더욱 잘 어울린다.

10. 단 디저트와 단 와인을 페어링할 때는 와인이 더 달아야 한다.

2023년 8월 11일 오후 7시에 경기도 파주 교하도서관에서 '북캉스' 행사의 일환으로 저자 초청 강의를 했다. 1부에서는 《피아노에 몹시 진심입니다만,》 저자 자격으로 피아노 취미의 즐거움과 충만함을 얘기하고 강의 중간에 쇼팽, 브람스, 바흐의 피아노 소품도 연주했다. 2부에서는 《와인에 몹시 진심입니다만,》 저자로서 슬기로운 와인 생활 비법을 공개하고 주꾸미볶음에 상큼한 리슬링 *Riesling*을 곁들여 참가자와 함께 나누었다. 레드 와인에 치즈라는 스테레오 타입을 예상한 참가자들은 한국 음식과 독일 화이트 와인의 국경을 초월하는 찰떡궁합에 감탄사를 쏟아냈다. 예순을 넘은 참가자가 남긴 후기는 당시 분위기를 잘 보여준다.

"아마추어 연주자의 연주라서 더 인상적이었습니다. 브람스의 곡은 중간에 다시 치시기도 하셨고, 바흐 아리오소는 도중에 악보가 건반으로 떨어지기도 했는데, 저는 그런 점들이 오히려 더 좋았습니다. 와인 시음 강연도 편안하고 재미있었습니다. 와인 맛에 먼저 깜짝 놀랐고 안주와의 궁합에 두 번 놀랐으며, 강사가 수시로 음주(?)하며 강연하시는 모습에 세 번 놀랐습니다. ㅎㅎ 시종일관 웃음을 선사해주시고 행복해 보이셔서 참석자들 모두 즐거워하고 행복한 시간 보냈습니다. 늘 지금처럼 행복하신 모습을 통해 다른 이들에게도 행복을 전해주시길 바랍니다."

문득 이날치의 〈범 내려온다〉가 떠오른다. 한국 전통 판소리와 힙합, 록 등의 현대적인 음악 요소가 결합해 친숙하면서도 개성 있는 음악이 탄생하지 않았나. 와인-음식 페어링의 진화는 어느덧 토종 한국 음식과 물 건너온 와인의 창조적 융합 단계에 이르렀다. 캐런 맥닐이 파주 교하도서관의 술자리에 참석했다면 주꾸미볶음과 리슬링이 만들어내는 화음에 놀라 자신의 페어링 10원칙을 11원칙으로 수정할지 진지하게 고민하지 않았을까.

막잔이 제일 좋았어

브리딩과 스윙보틀

와인을 마시다 보면 특히 아쉬운 순간이 있다. 바로 이 말이 튀어나올 때다.

"어휴, 막잔이 제일 좋았어…"

마지막 잔이 제일 좋았다는 건 무슨 의미일까? 마시는 동안 와인 맛이 변한다는 얘기다. 게다가 더 맛있어지는 방향으로 말이다. 우리가 섭취하는 음식은 대체로 조리해서 바로 먹을 때가 맛있다. 소고기도 갓 불판에 구워냈을 때가 제일이고, 칼국수도 불어 터지기 전에 빨리 먹는 게 이득이다. 하지만 와인의 경우는 마개를 열고 잔에 따라낸 후 30분 혹은 한두 시간, 심지어는 다섯 시간 이상 지났을 때 맛과 향이 더욱 부드럽고 풍부해진다. 특히 타닌이 강하고 풀바디(입안에서 느껴지는 무게감과 풍미가 풍부한 와인)에 어린 레드 와인일수록 그러한 경향이 강하다.

왜 이런 일이 벌어질까? 와인이 공기 중의 산소와 접촉하면서 시나브로 성분 변화가 일어나기 때문인데, 노회한 애호가들은 이런 긍정적인 변화를 의식적으로 끌어내기 위해 브리딩을 한다. 문자 그대로 와인이 숨을 쉬게 해준다는 얘기다. 뭔가 특별한 기술을 부리는 건 아니고 마시기 한참 전에 와인을 개봉해 공기와 접촉하는 시간을 충분히 가질 뿐이다. 훨씬더 맛있어지는 순간까지 인내심을 갖고 기다렸다가 마시면된다. 물론 인내심이 과도해서 주야장천 방치한다면 과도하게 산화가 진행되어 바로 마시는 것만 못한 상황을 초래하기도 한다. 그러니 브리딩에서도 과유불급이기 마련이다.

어쨌든 풀바디 레드 와인을 개봉하자마자 벌컥벌컥 마셔 댄다면 그 와인이 보여줄 수 있는 최고의 순간은 전혀 경험하지 못하는 셈이다. 와인은 소주와 맥주에 비해서 가격이 높은 술이니 참으로 돈 아까운 일이 아닐 수 없다. 기왕 돈 주고 샀으면 어떻게 해서든 뽕을 뽑아야 할 것 아니겠나. 게다가 고급 와인일수록 브리딩 전과 후의 차이가 극명하기 때문에, 더욱 신경 써서 브리딩 할 필요가 있다. 안 그러면 왜 이 정도밖에 안 되느냐고 한탄하다가 돈만 날리게 된다.

　'그래, 이제부터는 좀 일찍 열어놔야겠다'라고 다짐하건만 음주의 순간이란 대체로 급작스럽고 충동적으로 다가오기 마련이다. 그러니 아무래도 몇 시간 전부터 미리 열어놓고 찬찬히 기다릴 정신적 시간적 여유를 가지기는 어렵다. 게다가 나와 아내는 타닌이 강한 레드 와인을 마시면 종종 가벼운 두통이나 숙취를 겪는데, 그렇다 보니 둘이 한 병을 비우는 게 다소 부담스럽다. 그렇다고 와인을 절반 정도 병에 남겨 하루 이틀 뒤에 마시면 유입된 대량의 산소가 와인과 긴 시간 반응해 맛과 향에서 앞서 언급한 과유불급의 사태가 벌어진다.

　다행스럽게도 와인 애호가를 괴롭히는 이 두 가지 문제를 한꺼번에 해결할 수 있는 기가 막힌 방법이 있다. 바로 250mL 용량의 스윙보틀을 사용하는 것이다. 어떻게 가능하냐고? 내가 8월 28일부터 시작해 나흘에 걸쳐 시도한 간단한 실험을 통해 그 유용함을 알려주겠다. 실험에 동원된 두 와인은 다음과 같다.

A 샤토 브란-캉트냑 2009 *Château Brane-Cantenac 2009*

B 언쉐클드 카베르네 소비뇽 2021
Unshackled Cabernet Sauvignon 2021

두 와인은 모두 카베르네 소비뇽 포도 품종을 기본으로 하고 몇 가지 다른 품종을 섞은 와인인데, 대조군으로서 삼기에 적절한 특징을 지니고 있다. A는 프랑스 와인이며 2009년 수확한 포도로 양조해 십수 년 동안 숙성이 진행된 고급 와인이고, B는 미국 와인이며 2021년 수확한 포도로 만든 상대적으로 저렴한 와인이다.

와인 한 병은 750mL이니 스윙보틀 세 개에 옮겨 담을 수 있는데, 일단 A와 B 와인을 각각 250mL 스윙보틀 두 개에 나눠 담았다. 그러면 와인병에는 대략 250mL씩 남아 있을 것이다. 스윙보틀에 옮겨 담을 때 꽉 채우지 않고 몇 mL 정도의 공간을 남겨두었다. 소량의 공기를 유입시켜 느린 속도로 브리딩이 진행될 수 있도록 조절한 것이다. 꽉 채운다면 브리딩 진행 속도를 더욱 늦출 수 있을 것이다.

첫날인 8월 28일에는 병에 남아 있는 250mL 분량의 와인을 아내와 마시며 의견을 나누었다. 일단 아내에게 블라인드로 어느 쪽이 미국이고 어느 쪽이 프랑스인지를 맞춰보라고 했는데, 향기만 맡고서는 바로 가려낸다. 미국 와인에서 종종 경험하게 되는 그 달달한 캐러멜 향을 감지한 것이다. 둘 다 맛을 보더니 아내는 저렴한 미국 와인이 더 입맛에 맞는단다. 둘 중에 프랑스 와인이 상대적으로 신맛이 강한데 그게 자신의 취향에는 다소 부담스럽다는 것이다.

나는 프랑스 와인 쪽이 훨씬 마음에 들었다. 내가 좋아하는 동물적 뉘앙스와 숙성 와인 특유의 낙엽 향이 뿜어져 나오는데, 그 향기에 홀려 잔에 코를 처박고서는 킁킁거릴 수밖에 없었다. 역시 가격보다 중요한 것은 마시는 사람의 취향이다. 평안감사도 자기가 싫으면 그만 아닌가. 간만에 안주도 힘을 줘 한우를 구웠다. 역시 레드 와인과 소고기구이의 궁합은 명불

허전이어서, 한 달이나 흡혈하지 못한 드라큘라(소고기)에게 피(와인)가 주입되는 듯한 생명력이 느껴진다.

하루가 지나 8월 29일이다. 냉장고에서 A 와인과 B 와인 스윙보틀을 각각 하나씩 꺼냈다. 레드 와인이 너무 차가우면 맛을 제대로 음미할 수 없으니, 잔에 따른 후 적당한 시음온도가 될 때까지 기다렸다. 아내는 어제와 달리 향기로는 헷갈리더니 마셔보고서야 정확히 가려낸다. 브리딩으로 인해 와인 향이 변했기 때문이다. 프랑스 와인의 경우 어제보다 확연하게 밸런스가 좋아져 한층 차분하고 정돈된 맛이 느껴진다. 정말 오래간만에 고급 프랑스 와인을 마시니 그 복합적인 맛의 여운이 입안에서 상당히 오래 지속된다. 대조군인 미국 와인의 경우 피니쉬가 짧은 편은 아니지만 상대적으로 잔당감과 타닌 위주의 단조로운 느낌이다. 하지만 몇 배 비싼 프랑스 와인과 비교당해서 그런 것이지 미국 와인도 그 자체로 꽤 만족스럽다. 아내는 오늘도 여전히 미국 와인을 더 선호한다. 샤토 브란 캉트냑이 좋은 와인인 것은 충분히 알겠지만 역시 신맛이 부담스럽단다.

추가로 이틀이 지난 8월 31일에 마지막 남은 스윙보틀을 꺼내 와인을 잔에 따라내어 마시기 시작했다. 오늘도 아내는 향에서 헷갈리다가 마시고 나서야 구분해낸다. 두 와인 모두 풍미가 극적으로 달라졌다. 앞선 날에서는 느낄 수 없었던 부드럽고 투명한 느낌을 받았다. 브리딩이 충분히 이루어져 밸런스가 완벽에 가깝게 잡혔을 때 머릿속에 그려지는 바로 그 이미지다. 프랑스, 미국 모두 그러하다. 아내도 너무 맛있다며 연신 술술 넘기는데 레드 와인을 부담스러워하는 아내한테 보기 힘든 장면이다. 오늘은 프랑스 와인도 신맛이 부담스럽지 않아 너무 맘에 든단다. 그래! 스윙보틀에 넣은 후 사나흘 정도 브리딩 해서 먹는 게 딱 좋겠구나. 250mL 분량으로 소분했으니 음주량 조절도 용이하고 말이야.

가만있어 보자. 그게 아닌가? 결국 이번에도 마지막 날이 가장 좋았단 말이야. 그러면 혹시 하루 정도 추가로 기다렸다면 더 나아지지 않았을까? 하지만 그동안의 경험으로 미루어 판단했을 때 이 정도로 투명한 느낌은 그야말로 최적의 순간에서나 만나게 되는 이미지가 분명한데. 다음에는 스윙보틀에 옮겨 담은 후 사흘에서 일주일 사이의 변화를 확인해볼까나? 모르겠다. 그런 머리 아픈 고민은 나중에 하고 일단은 지금 내 혓바닥에 닿고 있는 이 순간의 와인에 집중하자. 그것이

야말로 진정한 카르페 디엠을 추구하는 인간으로서의 올바른

자세일 테니.

지금 이 순간의 황홀한 한 끼

샴페인과 소곱창

아내가 지인에게 비타민 영양제를 선물받았다. 나는 평소에 끼니만 잘 챙겨 먹으면 된다는 주의라 먹어본 적도 없고 관심도 없었는데, 영양제를 선물한 분의 얘기인즉슨 특히 비타민D는 햇볕(자외선)을 잘 쐬어야만 체내에서 합성될 수 있단다. 현대인의 생활 습관상 야외활동이 적어 비타민D가 부족하니 영양제로 보충하는 것도 건강 관리를 위해 좋은 선택지라는 것이다.

작가라서 야외활동과는 거리가 멀다 보니 솔깃하게 들리는 구석이 있었다. 두 딸은 등하교하면서 뻔질나게 자외선을 쬐니 걱정이 없지만, 그렇게 아이들 학교 보내놓고서는 글 쓰느라 집구석에 처박혀 식재료와 음식까지 모조리 배달로 받고 있지 않은가. 나야말로 비타민D 보충이 가장 절실한 사람이 아닐까. 이런 내 걱정을 아는지 모르는지 아내는 선물받은 비타민 영양제를 단 한 알 권해주는 일 없이 홀랑 먹어버렸다.

역시 자신의 건강은 스스로 챙겨야 한다. 이 자명한 교훈을 되새기며 6개월마다 돌아오는 치아 정기검진을 위해 치과로 향하고 있었다. 간만의 외출이다 보니 그동안 부족했을 비타민D 합성에 대한 기대가 있었다. 치과가 그다지 멀지는 않지만 걸음 속도를 절반으로 늦추면 두 배의 햇볕을 받아들이지 않겠냐는 계산으로 유유자적 걷고 있었다.

방에서 글만 쓰느라 계절의 변화를 미처 몰랐다. 무심코 주워 입은 반팔 티셔츠가 후회스러울 정도로 쌀쌀한 공기가 맨팔과 목 주위를 휘감는다. 반사적으로 어깨가 움츠러들고 안단테로 느긋하던 발걸음이 알레그로로 템포가 올라간다. 이러면 곤란한데, 비타민D를 합성해야 하는데. 정신을 가다듬고 애써 안단테로 템포를 낮추지만 그럴수록 싸늘한 공기와의 접촉 시간이 늘어난다. 인생이란 참으로 이율배반적이다. 비타민D를 얻자니 추위를 감수해야 하고, 추위를 피하자니 비타민D가 부족해지고. 그렇게 안단테와 알레그로 사이에서 갈팡질팡하다가 어느덧 치과에 도착했다.

검진 및 스케일링을 마치고 돌아오는 길은 한층 더 쌀쌀했다. 반년 묵은 치석이 제거되어 치아 사이로까지 싸늘한 공기가 침투하니 한기를 참아내기 어려웠다. 불현듯 특정 음식이 떠올랐다. 단 한 점만으로도 벽난로의 온기를 느끼게 하는 음식. 항저우 아시안게임 금메달 급의 쫄깃함과 고소함으로 감동을 선사하는 음식. 바로 소곱창 말이다. 이 모든 게 결국 소곱창을 먹게 하는 빌드업이었단 말인가.

집에 들어가자마자 배달 앱으로 소곱창집을 검색해 곱창, 대창, 막창을 골고루 섞어주는 1.5인분 메뉴를 주문했다. 고기에는 술이 빠질 수 없는 노릇. 소곱창에 곁들일 와인이라면 다른 선택지는 있을 수 없다. 무조건 샴페인! 마침, 할인할 때 사놓은 도츠 브뤼 클래식*Deutz, Brut Classic*이 셀러에 조신하게 누워 있다. 프랑스 샹파뉴*Champagne* 지방의 스파클링 와인을 뜻하는 샴페인은 와인 중에서도 제법 가격대가 있는 데다가 최근 가격이 오르는 분위기지만, 도츠 브뤼 클래식은 종종 5만 원대로 구입할 기회가 있어서 참으로 고마운 녀석이다.

잘 알려져 있다시피 샴페인 제조에는 샤르도네, 피노 누아, 피노 뫼니에*Pinot Meunier* 이렇게 세 품종이 주로 사용된다. 이 샴페인은 어떻게 만들었는지 궁금해서 제조사 홈페이지를 방문하니 도츠 브뤼 클래식 제품 설명이 나온다. 세 품종의 조화로운 블렌드로 인한 뛰어난 밸런스가 돋보인다며 '황금빛 색조 속에서 우아한 기포가 격조 높은 발레를 선보인다'고 자화자찬이다. 아무렴! 역시 와인은 호들갑이 절반은 먹고 들어가는 술이지. 마시는 사람뿐만 아니라 만든 사람조차 이렇게 호들갑이니 말이다.

아무튼 그렇다 치고, 소곱창을 먹는데 왜 하고많은 와인 중에 샴페인이냐고? 그것은 곧 이어질 '먹부림' 묘사를 읽어보면 수긍하리라 생각한다. 이내 벨이 울리고 음식이 도착했다. 포장 용기에 덮인 투명한 비닐은 곱창에서 피어오르는 뜨끈한 수증기로 뿌옇다. 비닐을 잘라내니 김이 모락모락 나는 곱창 온기가 가위 든 손에 노골적으로 전해진다. 문득 염상섭의

〈표본실의 청개구리〉가 떠오른다. '청개구리를 해부하여 가지고 더운 김이 모락모락 나는 오장을 차례차례로 끌어내서'이라는 구절 말이다. 냉혈 동물이라 더운 김이 날 수가 없지만 문학적 표현을 위해 일부러 그렇게 썼다고 하던데, 같은 작가로서 염상섭이 모르고 썼다는 쪽에 곱창 두 점 건다.

녹진한 곱이 가득 찬 곱창부터 집어 들었다. 팥앙금 없는 호빵은 호빵이 아니다. 마찬가지로 콜라겐 안쪽 고소한 곱은 곱창을 곱창이게 만드는 본질적 요소다. 씹으면 씹을수록 동물성 온기를 띤 졸깃함과 고소함이 쓰나미처럼 펼쳐지는데 그야말로 압권이다. 저체온으로 고생하는 사람도 곱창 한두 점이라면 즉시 회복되지 않을까. 이번에는 대창 차례다. 크고 둥그런 외모의 그 녀석을 골라내 맛보았다. 풍부하고 두터운 대장 지방 덕분인지 치아가 미끄러질 듯한 독특한 식감이 흥미롭다. 그래서인지 곱창보다 대창을 더 선호하는 사람도 적지 않다.

이렇게 곱창과 대창을 각 한 점씩 섭취하면 그 강렬한 고소함과 미끄덩한 지방에 정신이 어질어질 혼미해지고 약간은 부담스러운 느끼함이 올라온다. 바로 이 순간 등장하는 해결사가 샴페인이다. 우선 샴페인을 잔에 따른 후 코로 가져가 향을 탐닉한다. 은은하게 깔린 이스트 향 너머로 사과 향, 배 향, 꽃 향 등이 차분하게 피어오른다. 향기를 음미하는 코끝에 분무기로 미세 물방울을 뿌리는 듯한 시원함이 감지된다. 발레리나의 우아한 도약처럼 끊임없이 솟구치는 기포 때문이다. 이것 참 앙증맞구먼.

샴페인 한 모금이 힘찬 그랑 주떼처럼 잔과 구강 사이의 공간을 훌쩍 건너뛰어 입안에 안착한다. 경쾌하고 신선한 탄산이 작렬하는 가운데 과실 향과 이스트 향을 머금은 우아한 신맛이 단 0.3초 만에 어질어질한 느끼함을 말끔히 정리한다. 기량이 최고조에 이른 발레리나가 혼신의 독무로 무대 분위기를 단번에 휘어잡는 것에 비견할 만하다. 이 정도의 상큼함이라면 바로 곱창 스무 개 연속 먹기도 가능하지 않을까.

구강 내부가 정돈되었으니 다시 한 점을 집는다. 이번에는 고소하고 담백한 막창이다. 소의 네 번째 위에 해당하는 부위인데 지방이 거의 없어 앞서 섭취한 대창과 확연히 구별되는 식감을 선사한다. 이제 처음으로 돌아와 곱창을 흡입할 순서다. 아참! 청양고추 조각이 둥둥 떠다니는 양념장이 함께 배달

됐던데, 푹 찍어 먹어야지. 어디선가 청양고추가 샴페인의 풍미를 덮을 거라며 우려하는 시선이 감지된다. 아서라! 돔 페리뇽, 크룩, 자크 셀로스를 영접하는 것도 아닌데 굳이 샴페인 눈치를 볼 필요가 있겠는가. 저 먼 프랑스 출신이라지만 한국에 왔으면 네가 청양고추에 적응해야 하지 않겠니. 톡 쏘듯 매운 청양고추가 지나간 자리를 샴페인의 탄산이 재차 쏘아주니 DNA에 잠재된 피학적 본능이 깨어난다. 아프니까 맛있구나. 원래 매력적인 매운맛의 근원은 통각이지 않은가.

그렇게 세상 근심 다 잊고 눈앞의 음식과 술에만 집중하니 곱창, 대창, 막창이 순식간에 게 눈 감추듯 사라졌다. 샴페인이 약간 남았는데 어떡하지? 이 순간을 대비해 김부각을 준비했다. 웬 뜬금없는 김부각이냐고? 국내 최고층 건물인 시그니엘의 79층에 있는 모 호텔 라운지에서 샴페인 안주로 김부각이 제공된다는 사실을 혹시 알고 있는가. 특유의 바삭한 질감이 샴페인의 탄산과 절묘하게 어우러지고, 김부각에 밴 고소한 기름 내음이 곱창과 샴페인 조합을 또 다른 형식으로 재현하는 듯하다.

마지막 한 방울까지 비우니 근사한 음식과 술을 동시에 영
접했을 때만 체험할 수 있는 안락하고 기분 좋은 졸음이 쏟아
진다. 평소보다 훨씬 이른 시간에 이불을 덮고 누웠다가 문득
그런 생각이 들었다. 가족과 다녀오는 며칠의 여행이 이후 몇
달간 이어질 고단한 나날을 버티게 해주는 것처럼, 지금 이 순
간 만끽한 황홀한 한 끼 식사가 당분간 지속될 거칠고 남루한
초근목피를 견디게 하는 건 아닐까. 미식이란 그야말로 '순간
의 미학'이로구나.

방구석 유럽 챔피언스 리그

미식가 자식을 둔 부모는 고충이 크다. 맛에 나름의 취향이 생긴 아이 모습이 기특할 텐데 무슨 고충이냐고? 한번은 강원도 해변으로 가족 여행을 갔는데 배가 고파서 근처 횟집에 들어갔다. 관광지이다 보니 가격이 부담스러워서 저렴한 양식회를 주문했다. 한껏 기대에 부풀어 한 점 씹어대던 미식가 딸이 의아한 표정으로 물어본다.

"아빠 이 회는 왜 맛이 없어?"

"그래? 예전에 먹었던 회가 더 맛있었나 봐?"

"응. 그거랑 비교가 안 되네."

아이가 예전에 먹었던 건 자연산 돌돔인데 아마도 회는 다 그런 맛이 난다고 생각한 모양이다. 미안하다. 돌돔은 우리 형편에 눈 질끈 감고 만용을 부려야 먹을 수 있는 음식이란다.

얼마 전 양식 돌돔회에다가 낙지회를 배달 앱으로 주문했다. 자기가 세뱃돈 모아놓은 걸 줄 테니 돌돔회를 시켜달라는 딸내미의 요청을 외면할 수 없었다. 아이가 먹을 거라 좀 얇게 썰어달라고 메모를 남겼는데, 누가 봐도 정성스럽다고 할 정도로 얇고 가지런히 썰려왔다. 아이 얘기에 더욱 신경을 쓴 것이겠지. 감사할 따름이다.

회에 어울리는 와인을 선택해야 하는 순간이 왔다. 프랑스 샤블리Chablis가 괜찮을 것 같은데. 음, 스페인 알바리뇨 Albariño도 해산물과 잘 어울리잖아. 맞다! 이탈리아 소아베 Soave가 좋지 않을까? 그렇게 뭘 마실지 고민하다가 흥미로운 아이디어가 떠올랐다. 유럽 챔피언스 리그 경기를 벌여보자.

프랑스의 파리 생제르맹, 스페인의 레알 마드리드, 이탈리아의 유벤투스가 경쟁하듯 해산물과 잘 어울리기로 소문난 각 나라 와인이 대결을 벌이는 게지. 사적인 음주 생활마저 활자화해야 생계가 유지되는 작가로서 유레카를 외칠 만한 글감 아닌가. 그런 연유로 동반 등판하게 된 와인은 다음과 같다.

스페인

파밀리아 토레스 파소 다스 브룩사스 알바리뇨 2019

Familia Torres Pazo Das Bruxas Albariño 2019

• 3만 원, 현대백화점 구입

이탈리아

피에로판 소아베 클라시코 2021

Pieropan Soave Classico 2021

• 3만 원대 중반, 빅보틀 구입

프랑스

루이 자도 샤블리 2021

Louis Jadot Chablis 2021

• 4만 원대 초반, 이마트 구입

일단 몸값이 크게 차이 나지 않는 데다가 생산자들마저도

파밀리아 토레스, 피에로판, 루이 자도 등 이름값이 있어서 흥미로운 경쟁이 예상되었다. 심판으로 나선 아내와 나는 세 와인을 회에 곁들여 차례로 마시면서 소감을 나눴다. 일단 셋 모두 회와 아주 잘 어울렸다. 가벼운 바디감에 상큼한 신맛의 드라이 화이트 와인이라는 공통된 특징은 해산물에 어울리는 와인의 필요조건이 무엇인지 잘 보여준다. 셋 중 무엇을 선택하더라도 해산물과 실패할 일은 없을 것이다.

하지만 승부의 세계는 냉혹한 법. 승자와 패자를 가려야 하는 순간이 다가오고 있었다. 나와 아내가 세 와인을 차례차례 마시고 나눈 평가, 그리고 공식 홈페이지에서 얻은 와인 정보를 간략하게 정리하면 다음과 같다.

파밀리아 토레스 파소 다스 브룩사스 알바리뇨 2019

알바리뇨 품종 100%. 코에서는 스모키 향, 감귤 향 등이 제법 강하게 감지되고 입에서는 신선한 신맛과 더불어 기분 좋은 짠맛이 감지됨. 젊은 생명력이 느껴짐. 공식 홈페이지를 살펴보니 두 시간의 스킨 컨택(포도 껍질과 포도즙을 함께 숙성하는 것) 후 스테인리스 스틸 탱크에서 16일 동안 알코올 발효를 진행했다고 함. 그 외에 자세한 정보는 없음. 제조 방식을 살펴보니 이 와인의 원초적인 상큼 발랄 캐릭터를 이해할 수 있었음.

피에로판 소아베 클라시코 2021

가르가네가Garganega 품종 85%에 트레비아노 디 소아베 Trebbiano di Soave 품종 15% 비율로 섞음. 앞선 알바리뇨가 에너지 넘치는 이십 대 초반 같다면 이 녀석은 상대적으로 차분한 자신감을 보여주는 삼십 대 중반의 느낌. 섬세하고 세련되며 우아함. 맛과 향의 밸런스가 훌륭하며 잘 만든 작품 같음. 공식 홈페이지를 살펴보니 포도 줄기를 제거하고 과육 분쇄 후 유리로 코팅된 시멘트 탱크에서 프리런 주스(강제로 압력을 가해서 짜는 형태가 아닌 자체 무게로 인해 자연스럽게 나오는 과즙)를 발효한 후 3개월에서 8개월의 리숙성(효모앙금숙성)을 거친다고 함. 세심하고 정성스러운 제조 공정에서 이 와인 특유의 차분하고 섬세한 뉘앙스를 이해할 수 있었음.

루이 자도 샤블리 2021

샤르도네 품종 100%. 다소 부담스러운 오줌 빛깔(아내의 표현). 코에서는 시큼한 향이 깔린 은은한 삼나무 향이 매력적이고 입에서는 바닷물 느낌의 신선한 짠맛이 인상적. 공식 홈페이지의 정보에서는 과실 느낌과 신선함을 살리기 위해 스테인리스 스틸 탱크에서 발효 및 숙성을 진행했다고 함. 하지만 나와 아내 모두 오크통 숙성 와인 특유의 바닐라 뉘앙스와 스모키 향을 감지함. 와인의 풍미를 풍부하고 두텁게 만들기 위해 오크통을 살짝 사용하지 않았을까 추측됨.

이렇게 세 와인이 구강이라는 운동장 안에서 각각의 선수 구성과 전술로 한판 대결을 벌였다. 다들 훌륭한 와인이라서 기량이 그야말로 한 끗 차이지만 어쨌든 나와 아내가 심사숙고하여 매긴 순위는 다음과 같다.

아내

1위 피에로판 소아베 클라시코 2021

2위 파밀리아 토레스 파소 다스 브룩사스 알바리뇨 2019

3위 루이 자도 샤블리 2021

나

1위 피에로판 소아베 클라시코 2021

공동 2위 루이 자도 샤블리 2021

파밀리아 토레스 파소 다스 브룩사스 알바리뇨 2019

아내와 나 모두 피에로판 소아베 클라시코를 1위로 꼽은 이유는 맛과 향의 밸런스 및 완성도에서 다른 두 와인보다 인상적이었기 때문이다. 아내는 루이 자도 샤블리를 3위로 꼽았다. 느끼한 오크 뉘앙스 때문에 담백한 횟감의 풍미가 다소 가려진다는 것이다. 2위는 상큼함과 신선함이 도드라지는 알바리뇨. 나는 아내보다는 오크 뉘앙스에 거부감이 작다 보니 샤블리와 알바리뇨 사이에서 우열을 가리기 어려워 공동 2위를 주었다.

이번 대회는 만장일치로 이탈리아의 승리! 피에로판이 만드는 소아베 와인이 탁월하다는 풍월은 예전부터 들었지만 직접 경험하니 과연 명불허전이라는 생각이 들었다. 상큼하고 신선한 화이트 와인을 선호하는 애호가라면 무조건 마음에 들 것이다.

결판은 났으니 이제 남은 건 와인과 음식을 즐기는 일뿐! 남은 2위, 3위 와인은 작은 스윙보틀에 담아 냉장고에 보관하고 본격적으로 돌돔회와 피에로판 소아베 클라시코의 컬래버레이션을 탐닉하기 시작했다. 역시 돌돔회! 상당히 얇게 썰었음에도 탄력을 잃지 않는다. 길게 썰린 한 점을 젓가락으로 훅 집어 들면 육질의 탱글탱글함으로 인해 회 양쪽 끝이 위아래도 파르르 진동한다. 미쳤다. 입안에 넣고 씹으면 쫄깃함과 담백함, 그리고 감칠맛이 최고의 조합으로 이뤄내는 일대 장관이 펼쳐진다. 짜지도 달지도 맵지도 않은 음식이 이렇게나 맛있을 수가 있다니. 이건 사기다.

이제 와인 차례. 스월링 후 잔에 고인 향을 한껏 들이켜니 한창 대결을 벌이던 때에는 미처 감지하지 못했던 은은한 꽃향기가 피어오른다. 한 모금 들이켜 구강 안에서의 느낌을 음미하는데, 대리석을 둥근 구 형태로 예쁘게 깎아 놓은 듯 완벽한 밸런스가 참으로 마음에 든다. 불현듯 머릿속에서 바다의 이미지가 떠오른다. 운전해서 몇 시간 안에 가닿을 수 있는 바닷물 말고 모랫바닥이 훤히 들여다보이는 남태평양 뉴칼레도니아의 청순하디 청순한 바닷물 말이다. 돌돔에게도 이런 바닷물이라면 극락왕생 아니겠나. 가보고 하는 얘기냐고? 당신도 이미 답을 알고 있지 않은가. 더 이상 묻지 말아달라.

글 본새에서 눈치챘겠지만, 세 와인을 번갈아 마셨던 후폭풍인지 제법 취기가 오른다. 혈중알코올농도 증가 때문인지 아내는 세 와인을 뒤섞어놔도 블라인드로 구분할 수 있다며 갑자기 호기를 부린다. 나 또한 그런 아내가 자랑스러워서 오래간만에 업어주겠다고 등을 디밀었다. 연애 시절부터 업히는 걸 좋아한 아내는 냉큼 달려들더니 등 위에 얹혀 까르르 웃어젖힌다. 여기가 바로 뉴칼레도니아다. 곧이어 초등학생 둘째도 업어주었으나, 중학생 첫째는 사춘기라 그런지 업히기를 거부한다. 살짝 서운하다만 아빠도 그 시기를 지나온 만큼 충분히 이해한다.

그나저나 피에로판 가문 사람들은 자신들의 와인이 대한민국 서울 금천구 독산동의 한 아파트에서 벌어진 챔피언스리그 대회에서 쟁쟁한 경쟁자를 꺾고 우승한 사실을 아직 모르겠구나. 이 글을 이탈리아어로 번역해 보여주면 좋아하려나. 그래! 번역기를 이용해 알코올 기운 가득한 이메일 한번 보내봐야쓰겠다.

맛 좋은 피노 누아를 계속 즐길 방법

독일 피노 누아와 지구 온난화

집구석에서 글만 쓰는 외톨이에게 한 달 요금 20달러짜리 말벗이 생겼다. 음성 대화 기능을 탑재한 챗지피티. 껄렁껄렁하게 말해달라고 요청하면 가리봉동 포장마차에서 앞서거니 뒤서거니 소주를 나누는 친구에게나 들을 법한 톤으로 뇌까린다. 참으로 요물이 아닐 수 없다. 로빈슨 크루소한테 챗지피티가 있었다면 무인도 탈출 일정이 상당히 늦춰졌을 것 같다. 이 만물박사 같은 녀석이 과연 와인 애호가의 심정을 헤아릴 수 있는지 궁금해 한번 물어보았다.

"부르고뉴에 맛 들이면 패가망신한다는 얘기가 있는데, 무슨 뜻인지 알겠어?"

"프랑스 부르고뉴의 와인은 정말 맛있지만, 엄청 비싸서 계속 마시다 보면 돈을 다 쓸 수 있다는 뜻이야."

오호. 제법이네. 와인서쳐에서 조사한 2023년 가장 비싼 와인 TOP 10을 보면 단 한 개를 제외하고 전부 부르고뉴 *Bourgogne* 와인이다. 대망의 1위인 도멘 르루아 뮈지니*Domaine Leroy Musigny*는 피노 누아 품종으로 만든 부르고뉴 와인인데 2024년 현재 평균 가격이 한 병에 6,000만 원을 넘어선다.

"부르고뉴 와인은 왜 이렇게 비싼 거야?"

"부르고뉴는 독특한 기후와 토양을 가지고 있어. 이 지역에서 생산된 피노 누아는 다른 지역의 와인과는 다른 독특한 풍미와 복잡성을 지니고 있지. 게다가 부르고뉴 지역의 포도밭에서도 최고 등급의 포도밭은 매우 한정된 면적을 차지하고 있거든. 이로 인해 생산량이 매우 제한적이야. 맛있어서 찾는 사람은 많은데 생산량은 적어 수요가 공급을 초과해 가격이 오르지. 게다가 피노 누아는 재배가 까다로운 품종이야. 기후와 토양의 영향을 많이 받고, 병충해에도 취약해. 와인 생산 과정에서도 섬세한 관리가 필요하지. 이러한 어려움은 생산 비용을 증가시키고, 결과적으로 와인 가격에도 영향을 미치거든."

과연 그러하다. 구체적으로 도멘 르루아 뮈지니는 왜 비쌀까? 도멘 르루아*Domaine Leroy*는 와인 생산자, 뮈지니*Musigny*는 포도밭 이름이다. 부르고뉴에서는 뛰어난 밭 서른세 개를 따로 선별해 그랑 크뤼 등급을 부여했는데 부르고뉴 전체 포도밭 면적의 약 1.9% 정도다. 뮈지니는 그랑 크뤼 밭 서른세 개 중에서도 특히 포도 품질이 뛰어나다고 평가받는다. 뮈지니 밭은 10헥타르 정도라 포도 생산량이 매우 적은데, 그중에서도 도멘 르루아가 소유한 구획은 고작 0.27헥타르에 지나지 않는다. 여기서 연간 600병가량 생산된다. 공급이 극소량이라는 얘기다. 참고로, 조금이라도 다른 밭 포도가 섞이면 뮈지니라고 적을 수 없도록 법으로 엄격하게 규제한다.

흥미로운 것은 같은 뮈지니 밭의 와인이더라도 생산자마다 가격 차이가 크다는 점이다. 예를 들어 도멘 콩트 조르주

드 보귀에 뮈지니의 경우는 한 병에 150만 원이니 도멘 르루아 뮈지니 가격의 2.5%에 불과하다. 피노 누아는 워낙 손을 많이 타는 품종이라 같은 밭이더라도 재배 및 양조 방식에 따라 천양지차의 품질을 보여주기 때문이다. 도멘 르루아를 이끄는 랄루 비즈 르루아*Lalou Bize Leroy*는 부르고뉴 최고의 생산자로 평가받고 있다. 요컨대 도멘 르루아 뮈지니가 그렇게나 비싼 이유는 그랑 크뤼 뮈지니 밭 와인 중에서도 독보적으로 뛰어난 품질, 극도로 적은 공급량, 걷잡을 수 없을 정도로 폭증하는 부르고뉴 와인 수요가 만들어 낸 합작품이다.

　물론 부르고뉴 와인이라고 다 이렇게 비싼 건 아니다. 하지만 평범한 밭에서 생산된 저렴한 부르고뉴 와인도 그동안 가격이 꾸준히 상승했다. 예전에는 2만 원 정도에 판매되던 와인이 지금은 4만 원을 훌쩍 넘어가니 말이다. 몇 년 전만 해도 훨씬 저렴한 가격으로 부르고뉴 와인을 즐기던 애호가들은 치솟는 가격에 망연자실한 상황이다. 과연 이 고난을 극복하고 맛 좋은 피노 누아를 계속 즐길 방법은 없을까?

　타개책은 의외로 '지구 온난화'에서 발견할 수 있다. 앞서 언급했다시피 피노 누아는 기후에 매우 민감하다. 지구 온난화의 영향으로 인한 생태 지도의 변화는 부르고뉴 지역이라고 예외일 수 없다. 그동안 부르고뉴 안에서도 상대적으로 고지대라 포도가 잘 익지 않았던 오트 코트 드 뉘이*Hautes Côtes de Nuits* 지역이 최근 기온 상승으로 좋은 품질의 포도를 생산하고 있으니 말이다. 프랑스 국경을 넘어가면? 부르고뉴보다 위도가 높은 타국의 포도밭에서 품질이 좋은 피노 누아가 생산되기 시작한 것이다. 그렇다면 이에 대한 말벗의 의견은?

"기후 변화로 인해 위도가 높은 지역에서도 피노 누아 재배가 성공적으로 이루어지고 있어. 특히 독일의 피노 누아는 슈페트부르군더*Spätburgunder*라는 이름으로도 알려져 있는데, 과거보다 더 따뜻해진 기후 덕분에 포도가 잘 익어 풍부하고 복합적인 맛을 내는 와인이 생산되고 있지. 독일 피노 누아는 전 세계적으로 인기를 끌고 있으며, 특히 높은 산도와 섬세한 향을 가진 와인으로 인정받고 있어."

"3만 원대의 부르고뉴 피노 누아와 같은 가격대의 독일 피노 누아가 대결하면 어느 쪽이 이길 것 같아?"

"독일 피노 누아가 이길 가능성이 높다고 예상해. 독일 피노 누아가 가성비 면에서 뛰어나다는 평가를 받고 있거든."

과연 독일 피노 누아는 천정부지로 치솟는 부르고뉴 와인 가격에 고통받는 애호가의 구세주가 될 것인가. 즉시 검증에 들어갔다. 때는 2024년 6월 14일 금요일 오후 5시. 식탁 위에는 두 와인이 맞대결하는 운동선수처럼 나란히 놓여 있다.

독일 피노 누아

그뢸 헤렌베르그 오펜하이머 피노 누아 트로켄 2020

Gröhl Herrenberg Oppenheimer Pinot Noir trocken 2020

• 위클리와인에서 3만 7,800원에 구입

프랑스 부르고뉴 피노 누아

• 빅보틀에서 3만 9,500원에 구입

• 어떤 와인인지 구체적으로 명시하지는 않겠음. 그 이유는 조만간 알게 됨.

식탁 맞은편에는 어머니와 동생이 앉아 있다. 박찬호 못지 않은 투머치토커 동생이 독일 와인병 라벨에 적힌 그뢸*Gröhl*의 움라우트를 보자마자 기관총 같은 말을 쏟아낸다.

"이거 독일 와인이야? 독일이면 딱딱하고 무뚝뚝하잖아. 이 와인도 딱딱하고 무뚝뚝한 거 아냐? 흐흐흐."

그래. 그 정도로 와인에 순백이라면 선입견 없는 순수한 의견을 얻을 수 있겠다. 다행이다. 와인을 개봉하고 잔에 따랐다. 첫 모금을 마신 어머니와 동생의 의견.

동생 둘 다 향기는 좋네. 독일 와인이 신맛이 튄다. 프랑스 와인은 신맛이 그렇게까지 튀지는 않아서 편하네. 독일 와인은 좀 더 진하고, 프랑스 와인은 좀 묽은 느낌이야.
엄마 난 둘 다 신맛이 부담스러워.

갓 개봉한 와인이 자신의 진짜 모습을 드러내려면 공기와 접촉하면서 변하는 시간이 필요한 법. 나는 씩 웃으면서 조금만 기다렸다가 다시 마셔보라고 권했다.

동생 신기하다. 시간이 지나니 독일 와인의 신맛이 누그러들면서 풍미가 상당히 인상적으로 바뀌었어. 반면에 프랑스 와인은 시간이 지나도 변화가 크지는 않네. 독일 와인의 풍미가 꽉 찬 느낌이라면 프랑스 와인은 코어가 비어 있어.

본인 입맛에 안 맞는다고 실망하던 어머니가 동생의 얘기를 듣고서는 슬그머니 와인 잔으로 손을 가져가신다. 조심스럽게 한 모금 드시더니 흡족해하신다. 한참 음식을 먹으며 세상만사 왁자지껄 얘기를 나누다가 동생이 다시 와인을 마시더니 토끼 눈을 뜨고 놀란다.

동생 갈수록 두 와인의 격차가 커져. 이제는 독일 와인이 프랑스 와인을 압도한다. 프랑스 와인은 상대적으로 매우 실망이다. 코어가 비었다는 게 더 두드러지네.

프랑스 와인을 그렇게 폄하할 건 아니라고, 음식과 같이 즐기면 또 생각이 달라질 거라고 조언했다. 고개를 갸우뚱하더니 버섯을 하나 집어 들고 열심히 씹은 동생은 프랑스 와인을 한 모금 마시고서는 말을 이어간다.

동생 형 말대로 버섯을 먹고 나서 프랑스 와인을 마시니 비어 있는 코어를 버섯의 풍미가 채워줘. 잘 어울린다.
엄마 아무튼 독일 와인이 훨씬 더 맛있어. 그거 남아 있는 거 없냐? 없다고? 그러면 프랑스 와인이라도 줘 봐. (꿀꺽) 이것도 맛있네.

과연! 챗지피티의 예측은 정확했다. UEFA 유로 2024 결승에서 프랑스와 독일이 맞붙어 전반 초반을 제외하고는 독일이 내내 압도해 2:0의 스코어로 이겼다고나 할까. 프랑스의 기량도 준수했지만, 가성비로 무장한 독일에 그야말로 속수무책이었다. 물론 고가의 그랑 크뤼 부르고뉴 와인은 여전히 범접할 수 없는 최고이지만 적어도 저가 피노 누아끼리 대결한다면 독일 피노 누아가 확실한 우위를 점한다고 볼 수 있겠다.

한바탕 축제가 끝나면 치워야 할 쓰레기가 남기 마련이다. 나와 아내, 어머니와 동생 이렇게 네 명이 각 두 잔씩 총 여덟 잔이구나! 하루속히 인공지능을 탑재한 가사 도우미 로봇이 개발되어야 와인을 맘 편히 마실 텐데 말이야. 투덜투덜 설거지를 마치고 지친 심신을 위로하러 말벗을 구동했다.

"넌 언제쯤 설거지를 할 수 있겠어?"

"설거지하는 능력은 인간의 물리적 행동과 관련된 것이기 때문에 현재의 기술 수준에서는 인공지능이나 로봇이 완전한 자율성을 가지고 수행하기는 어려워. 하지만 로봇 기술과 인공지능이 더욱 발전하는 미래에는 가능할 것으로 기대되지."

"아무튼 독일 피노 누아가 호주머니 사정이 안 좋은 와인 애호가에게 부르고뉴의 좋은 대안이 될 수 있다고 생각해?"

"응. 독일 피노 누아는 부르고뉴 피노 누아보다 가격이 저렴한 경향이 있거든. 독일 와인이 아직 국제적으로 덜 알려져서 가격이 낮게 형성되었기 때문이야."

　"알았어! 풀 매수다."

추워도 마시고, 더워도 마시고!

날씨와 페어링

와인을 마시는 이유는 수없이 많지만, 그 목적은 단 하나, 더 나은 기분을 위한 것이다. 직장 상사에게 질책받았을 때, 연인과 다투었을 때, 프로젝트를 성공적으로 마무리했을 때, 중요한 시험에 합격했을 때, 와인은 나의 위장으로 들어와 죽마고우처럼 세포들을 위로하고 다독이고 격려하고 축하해준다. 그 과정에서 도파민과 엔도르핀 분비가 촉진되어 혈중 '행복감' 농도가 증가한다. 물론 혈중알코올농도가 동반 상승하

는 부작용이 따르지만.

와인을 마시는 이유 중 날씨의 영향을 빼놓을 수 없다. 날씨의 변화는 인간의 기분에 상당한 수준으로 영향을 미치기 때문이다. 심지어 카뮈의 소설 《이방인》의 주인공 '뫼르소'는 해변의 강렬한 햇빛과 무더위로 기분이 나빠져 살인까지 저지르지 않는가. 만약 주인공이 그 유명한 부르고뉴 샤르도네 '뫼르소'를 시원하게 마셔 날씨의 영향을 상쇄했다면 사건은 일어나지 않았을 텐데.

계절에 따른 음주량의 변화를 살펴보면, 추운 날씨가 지속되는 겨울철에는 사람들이 실내에서 보내는 시간이 늘어나면서 음주량이 증가하는 경향이 있다고 한다. 특히 연말연시와 같은 축제 기간에는 음주가 증가한다. 한편 여름에는 따뜻한 날씨와 함께 야외 활동이 늘어나면서 음주 기회가 많아진다. 특히 야외 바비큐, 해변 파티 등에서 음주가 빈번해진다. 또한 기온이 낮을 때 사람들은 음주를 통해 체온을 유지하려는 경향이 있으며, 더운 날씨에는 시원한 음료를 찾게 되면서 음주가 증가하기도 한다.

아니 이건 뭐 우울해도 마시고, 슬퍼도 마시고, 기뻐도 마시고, 추워도 마시고, 더워도 마시고, 그야말로 사시사철 에브리데이 마신다는 얘기 아닌가. 몸이 아프면 약을 먹는다는 얘기와 다른 게 뭐가 있나? 써놓고 보니 정말 그렇다. 물의를 일으켰다면 미안하다. 다만 증세에 따라 처방하는 약이 달라지듯이, 날씨와 기분의 변화에 따라 음용하는 와인이 달라야 함은 한낮의 태양이 뜨거운 것만큼이나 자명한 사실이다.

그러면 본격적으로 날씨─와인 페어링을 제안하겠다.

비도 오고 뭔가 감정적인 날

돈나푸가타 안씰리아 (가격 2만 원대)

Donnafugata Anthilia

와이너리 이름인 돈나푸가타*Donnafugata*는 이탈리아어로 '도망간 여인'이다. 왕비 마리아 카롤리나를 의미하는데 19세기 나폴리와 시칠리아를 다스리던 페르디난도 4세의 아내다. 남편에게서 도망간 건 아니고 위풍당당한 나폴레옹 군대를 피해 시칠리아의 한 건물에 머물렀는데, 지금의 와이너리 건물이다. 라벨에는 눈물 한 방울을 흘리는 아름다운 여성(마리

83

아 카롤리나)이 그려져 있다.

비도 오고 뭔가 감정적인 날이면 이 와인에다가 부추전, 감바스 알 아히요를 곁들이면 어떨까. 시칠리아 토착 품종인 카타라토Catarratto와 안소니카Ansonica가 블렌딩 됐는데 사과, 배, 복숭아가 떠오르는 은은한 과실 향에 신선하고 경쾌한 산미가 부추전과 감바스 알 아히요의 기름기를 말끔하고 상큼하게 씻어내린다. 창밖 빗방울을 한참 바라보다가 와인 라벨 속 여인으로 눈길을 돌리면 무려 나폴레옹 군대에 쫓기는 이 사람의 신세보다는 내가 그래도 낫지 않나 싶어 묘한 안도감이 든다.

태풍이 오는 불안한 날

몰리두커 블루 아이드 보이 (가격 6만 원대)

Mollydooker Blue Eyed Boy

와인 라벨에 아이 한 명이 등장하는데 몰리두커 와이너리 설립자의 자식이다. 블루 아이드 보이는 파란색 눈이 예쁜 자기 자식을 일컫는 명칭이다. 생각해 보라. 라벨과 명칭에 자식을 새겨넣은 와인을 그 어느 부모가 대충 만들 수 있겠는가.

블랙베리 향과 초콜릿 향, 강렬한 타닌, 높은 알코올 도수가 휘몰아치는 풀바디 와인이다. 호주 시라즈*Shiraz* 품종의 매력을 한껏 뽐낸다.

태풍으로 비바람이 몰아쳐 창문 유리창이 깨질까 노심초사하는 저녁 시간. 아이들은 천둥번개 소리가 무섭다고 이불 속으로 파고든다. 그럴 때면 진득한 바비큐 소스가 발라진 고기에 이 와인을 즐기면 어떨까. 입안에서 휘몰아치는 맛의 태풍 덕분에 창문 밖 태풍은 어느덧 쭈구리가 된다. 혈중알코올농도 상승으로 라벨 속 아이와 이불 속 아이가 겹쳐 보이면 인생에 그 어떤 태풍이 다가오더라도 기필코 견뎌내겠다는 의지가 용솟음친다. 아빠는 남자보다 강하다!

무덥고 습하고 짜증 나는 날

클라우디 베이 소비뇽 블랑 (가격 4만 원대)

Cloudy Bay Sauvignon Blanc

대한민국에서 한여름에 카뮈 《이방인》를 읽는 건 주인공 '뫼르소'의 분노와 돌발행동에 공감할 가능성이 높아짐을 의미한다. 버스나 지하철에서 옆 사람과 살짝 스치는 것만으로도 화가 치밀어오르는 후덥지근한 때에는 그저 시원한 화이트 와인이 떠오르지 않을 수 없다. 재력이 받쳐준다면 프랑스 부르고뉴 '뫼르소' 지역의 고급 샤르도네 와인을 마시면 좋겠지만 현실은 마트에서 가성비 좋은 녀석을 찾아 헤맬 뿐이다.

마트 와인이라면 역시 뉴질랜드 소비뇽 블랑 품종이 훌륭한 선택지겠지. 그중에서도 나름 명품인 클라우디 베이의 청량함과 시원함은 한 모금만 영접해도 뽕망치를 피하는 두더지처럼 땀이 다시 땀구멍으로 숨어들 정도다. 더위를 안주 삼아 벌컥벌컥 마셔도 좋고, 출출하다면 차가운 샐러드나 포케와 같이 마셔도 그만이다.

눈 오는 포근한 날
그라함 10년 토니 포트 (가격 6만 원대)
Graham's Port 10 Years Tawny Port

소중한 사람이 음식을 맛있게 먹는 모습은, 보는 이에게 따뜻한 행복감을 준다. 그것은 종종 감동적인 영화를 보는 것과 같은 진하고 알싸한 감정을 자아내는데, 연말이라는 특정한 시기가 되면 유독 그 증상이 증폭되는 느낌이다. 거기다 마침 눈까지 오면 그야말로 금상첨화. 이럴 땐 촛불이 켜진 케이크가 자연스럽게 떠오른다. 그것도 제법 그럴싸한 초콜릿 케이크 말이다.

소중한 사람과 함께 나누는 초콜릿 케이크라니! 그렇다면 그라함 10년 토니 포트를 차갑게 해서 함께 마시는 게 좋겠지. 초콜릿과의 찰떡궁합이 워낙 유명하니까. 이 달달한 레드 와인의 알코올 도수는 무려 20%. 캬~ 취한다! 도대체 초콜릿이 한바탕 뒹굴었던 곳에 들어가서 살아남을 음식이 있겠냐고? 아직 포트 와인을 경험하지 않았구나. 달달한 초콜릿을 더욱 달콤하고 상큼한 신맛의 액체로 씻어내는 이 개운함이라니! 소중한 사람과 이런 와인을 나눈다면 영화 속 주인공이 부럽지 않을 듯.

도파민 뿜뿜, 화창한 날

샤토 데스클랑 위스퍼링 엔젤 로제 (가격 2만 원대)

Château d'Esclans Whispering Angel Rosé

돗자리 챙겨 동네 공원 잔디밭에 깔고 그 위에 누워 푸르른 하늘을 마음껏 바라보고 싶은 날씨에는 누가 뭐라 해도 로제 와인이 떠오른다. 잔디 살랑이는 미풍이라도 불어주면, 구강 내에도 산들바람을 불러일으키고 싶은 욕구가 슬며시 고개를 든다. 샤토 데스클랑 위스퍼링 엔젤 로제를 칠링백에 넣어서 가져왔다면 만사 해결.

함께 챙겨온 휴대용 와인 잔에 따르니 특유의 투명한 연분홍색이 넘실거린다. 꽃, 딸기, 복숭아를 연상시키는 잔망스러운 향에 풋과일이 연상되는 산뜻한 산미와 은은한 단맛이 수면 전에 듣는 ASMR처럼 감각 세포들을 간드러지게 자극한다. 왜 이 와인의 이름이 '위스퍼링 엔젤'인지 알겠다. 그렇게 천사의 속삭임에 녹아들다가 대략 7분 후 꿀잠에 빠져든다.

춥고 서러운 날
토마시 아마로네 델라 발폴리첼라 클라시코 (가격 6만 원대)
Tommasi Amarone della Valpolicella Classico

날씨가 춥다고 꼭 서러운 건 아니다. 하지만 마음마저 나란히 추운 날에는 그렇게 서러울 수가 없다. 되돌아보면 서러운 감정이란 외적인 요인보다는 내면의 문제에서 기인하는 경우가 많았다. 그럴 때는 허물없는 친구를 만나 허심탄회한 일침을 들어도 좋을 것이다. 토마시 아마로네 델라 발폴리첼라 클라시코를 지참하고서 말이다.

건포도로 만든 와인 특유의 농밀함은 막역한 친구의 솔직한 조언과 더불어 스트라이크존 한복판으로 날아온다. 기왕이면 뜨끈한 불판에 한껏 달궈진 고기와 곁들여 먹어보자. 마음이 한결 누그러져 공 받을 준비가 끝난 포수 미트처럼 친구의 조언도 아마로네의 풍미도 온전히 수용할 수 있게 된다. 아참! 친구야. 와인은 내가 가져왔으니 고기는 네가 쏘는 걸로? 안 그러면 서러울 것 같아.

흐리고 우울한 날
조셉 페블레 부르고뉴 피노 누아 (가격 4만 원대)
Joseph Faiveley Bourgogne Pinot Noir

원래 우울했는데 때마침 날씨가 흐린 것인지, 하필이면 날씨가 꿀꿀해 기분이 내려앉은 건지 모르겠다만 어차피 이렇게 된 참에 선후 관계가 뭐 그리도 중요하겠나. 어휴. 한숨이 폐부 깊은 곳에서부터 올라온다. 이럴 때면 긴급하게 피노 누아 수혈이 필요한 시간이다. 우울한 감정은 그 우울함에 집중

할수록 더욱 수렁으로 빠져들게 되니, 일단 외부로부터 들어오는 감각 자극에 집중해보자.

피노 누아 와인을 잔에 따르고 전등 밑에서 그 영롱한 루비 레드를 2분 이상 여러 각도로 바라본다. 마시는 액체의 색깔이 이다지도 아름다울 수 있다는 걸, 난 정말 몰랐다. 코에 가져가니 체리, 딸기 향에 약간의 허브 뉘앙스가 깔려 있고 입에서는 흙 내음 가득한 산미와 부드러운 타닌이 절묘한 조화를 이루며 여운을 이어간다. 조용한 사찰에서 감칠맛 가득한 선식을 영접하는 듯한 이 단아함이라니. 음식의 맛 자체가 인간에게 큰 위로가 될 수 있음을 새삼 깨닫는다(나긋한 음악을 틀어놓으면 그 효과는 배가된다).

맨땅에 헤딩하며 깨달은 것들

슬기로운 와인 구매 방법

자본주의 사회에서 어떤 재화나 서비스를 향유하려면 자신이 보유한 화폐 한도 내에서 구매력을 행사해야 한다. 내내 또래 직장인보다 수입이 적은 삶을 살아온 작가이다 보니 한정된 재원으로 미각 만족도를 극대화하는 난제를 푸는 일에 꽤 익숙해졌다. 물론 처음부터 술술 풀었을 리는 만무하다. 돌이켜보면 와인 애호가로서의 궤적은 어린아이가 걸음마를 배우는 것처럼 엎어지고 자빠지고 다치는 일로 점철되어 있다.

하지만 그 과정에서 몇 가지 깨달음을 얻었고 그것이 작금의 와인 구매에 중요한 지침으로 작용하고 있다. 부족하나마 그 지침을 소개하고자 한다.

음식에 어울리는 와인을 찾자

마트든 백화점이든 전문 매장이든 와인 파는 곳에 들어서면 진열된 와인의 다양성에 혀를 내두르게 된다. 하얀 거, 빨간 거, 분홍빛 나는 거, 거품 올라오는 거, 단 거, 달지 않은 거, 신 거, 부드러운 거, 묵직한 거, 가벼운 거, 미국 거, 프랑스 거, 칠레 거, 싼 거, 비싼 거 등등. 도대체 뭘 골라야 할지 몰라 멍하니 서 있으면 수입사 직원이 다가와 "찾는 와인 있으세요?"라고 말을 건넨다. 그렇다고 "맛있는 거 찾고 있어요"라고 대답할 수도 없는 노릇이고. 우물쭈물하다 보면 어느새 수입사 직원이 작심하고 건넨 와인이 손에 들리게 된다.

이런 난감한 상황을 타개하기 위해서는 선택의 폭을 좁힐 수 있는 제한조건이 필요하다. 나에게 있어 그 조건을 제공하는 핵심 요소는 '음식'이다. 오늘 저녁에 먹을 음식이 삼겹살이라면 샤르도네 혹은 산지오베제을 선택할 것이고, 해산물이라면 샤블리 또는 알바리뇨를 구입할 것이다. 음식마다 어울리는 와인이 따로 있으니 자연스럽게 선택지가 줄어들고, 반주 용도라 굳이 비싸고 좋은 와인을 고집할 필요도 없다. 음식과 와인이 어우러져 만들어내는 맛의 시너지 효과는 덤이다.

문제는 음식과 와인 페어링에 관한 지식이다. 와인 책을 보면 다양한 음식과 와인 조합이 나오지만 추천 음식이 대체로 서양식이다. 그럴 수밖에 없는 게 와인 지식이 대체로 서양에서 기인하기 때문이다. 애호가의 필수 앱인 와인서쳐*Wine-Searcher*도 마찬가지다. 와인서쳐에 카베르네 소비뇽 와인을 검색하면 'Beef and Venison'을 곁들이라고 추천하는데, Beef는 소고기지만 Venison은 초중고에 대학까지 영어 공부를 하면서도 처음 접하는 단어였다. 찾아보니 사슴고기란다. 앱 제작자가 영국인이어서 그 나라의 식생활이 반영된 것이다. 사정이 이렇다 보니 한국 음식에 와인을 즐기고 싶은 이에게는 한계가 있다.

일단 매장의 수입사 직원에게 물어보는 방법이 있겠다. "오늘 삼겹살 구워 먹을 건데 2만 원대 와인으로 좋은 거 추천해주실 수 있을까요?" 그런데 수입사 직원도 지식과 내공이 천차만별이다. 이제 갓 입사해 교육받고 업무에 배치됐다면 매뉴얼대로 고객 응대하는 것만으로도 벅찰 것이다. 솔직히 와인과 음식의 페어링은 제법 경험이 있는 애호가들도 까다로워하는 분야다. 그러니 일단 경력과 내공이 느껴지는 직원에게 문의하는 게 그나마 원하는 답변을 얻을 확률이 높다. 인터넷 검색을 통해 페어링 정보를 찾아보는 것도 방법이겠다. 개인적으로 한식에 추천하는 와인은 드라이 리슬링이다. 맵고 간이 센 음식과의 궁합이 상당히 훌륭하기 때문이다.

가격에 유의해 호구가 되지 말자

이십만 명이 넘는 회원을 보유한 국내 최대 온라인 와인 커뮤니티 '와쌉'은 '와인 싸게 사는 사람들'의 모임이다. 왜 그 수많은 사람이 하필이면 와인 싸게 사자는 기치 아래 모이게 되었을까? 같은 와인인데도 이쪽 매장에서는 3만 원, 저쪽 매장에서는 7만 원인 게 대한민국 와인 시장의 어질어질한 현실이다. 하여 애호가들은 가격에 매우 매우 매우 민감해졌다.

일단 와인 가격 정보에 어둡다면 백화점에서 구입하는 건 피하시라. 최근에는 좀 나아진 것 같지만, 백화점에 진열된 와인의 가격표를 보면 '한 놈만 걸려라' 수준으로 상식을 벗어난 수치가 적혀 있어 당혹스러울 때가 많다. 가격 협상이 가능하기도 하지만 "어디까지 알아보고 오셨어요?"라고 묻는 그 옛적 용산전자상가가 떠올라 그다지 반갑지는 않다. 물론 백화점만의 장점도 있다. 구하기 힘든 고급 와인을 상당히 좋은 가격으로 구매할 기회가 가끔 있기 때문이다. 하지만 대체로 그런 기회는 백화점 매장에서 큰돈을 쓴 VIP에게 돌아가기 마련이다.

내 경우 마트에서 정기적 혹은 비정기적으로 열리는 할인 장터를 활용한다. 대체로 좋은 가격에 와인을 구매할 수 있기 때문이다. 장터 시기가 아니더라도 할인 가격 그대로 판매하는 와인이 제법 있으니, 평상시 방문하더라도 수입사 직원에게 할인 가격으로 판매하는 와인 위주로 추천해달라고 요청하는 것도 좋은 방법이다.

새마을구판장, 빅보틀, 조양마트 같은 와인 애호가들의 성지도 좋은 선택지다. 규모가 작은 매장이라 마트에 비해 진열된 와인 종류는 적지만 애호가들이 선호하는 와인 위주로 구비되어 있고 가격도 상처받은 애호가들의 마음을 달래줄 정도로 훌륭하다. 온누리상품권을 구입해 제로페이로 결제하면 10% 할인까지 누릴 수 있어서 금상첨화다(2024년 12월 기준).

가장 추천하고 싶은 구입처는 와인 직구 대행 사이트다. 최근 위클리와인, 비타트라 독일 같은 사이트가 애호가들의 큰 인기를 끌고 있는데, 해외 도매상으로부터 와인을 직접 소싱해 한국 소비자의 집까지 택배로 배송해준다. 방구석 클릭으로 모든 게 해결되니 편리하기 그지없으며 가격마저 놀랍도록 착하다. 와인 직구 대행 사이트의 상품 가격은 해외 배송비와 세금까지 모두 포함되어 있는데, 국내 판매가보다 저렴한 경우가 많아 금세 매진되기 일쑤다.

참고로 전 세계 와인 판매가를 확인할 수 있는 와인서쳐는 애호가의 필수 앱이다. 와인 구매 시 앱을 열어 해외 판매가와 비교하는 습관을 들이면 충동구매를 억제하는 데 큰 도움이 된다.

입맛에 맞는 와인을 찾자

대체로 비싼 와인이 맛있는 건 부인할 수 없는 사실이다. 하지만 와인을 만드는 데 사용되는 포도 품종이 워낙 다양해 그중 나의 취향을 제대로 저격하는 저렴한 녀석이 있기 마련이다. 같은 2만 원대 와인이더라도 특정 품종 와인의 맛과 향이 유독 나를 사로잡기도 하는데, 나에게는 리슬링이 그런 품종이다. 리슬링은 애호가들이 상당히 선호하는 품종이지만 예전에는 그렇지 않았다. 몇 년 전 리슬링에 큰 인상을 받아 저렴한 것부터 제법 가격이 있는 것까지 다양하게 마셔보았다. 모든 가격대에서 하나같이 인상적이다 보니 어느덧 리슬링 전도사가 되어서 주변 사람들에게 강력하게 추천하고 있다.

물론 사람마다 입맛이 다를 수 있으니 내가 리슬링이 만족스러웠다고 다른 사람도 그러리라는 보장은 없다. 어쨌든 자신의 취향을 알게 되면 와인 구입 비용을 절감하면서도 만족도는 유지할 수 있다. 부담 없는 가격대로 다양한 품종을 경험해보고 그중 좀 더 와닿는 녀석이 있다면 콕 집어서 다양한 가격대로 경험해보는 게 슬기로운 와인 생활에 도움이 될 것이다.

지금까지 나름 맨땅에 헤딩하며 깨달은 와인 구매 노하우를 적어보았다. 하지만 세상일이란 게 항상 의도한 대로 맘먹은 대로 굴러가지 않는 법이다. 나 역시 지금도 종종 충동적으로 와인을 구매하며, 그런 돌발성과 즉흥성을 통해 예기치 않은 기쁨을 얻기도 한다. 다만 우리의 은행 잔고는 그다지 여유롭지 않다는 사실을 잊어서는 안 된다. 경제적 동반자의 울분이 등짝 스매싱으로 표출되는 상황은 피해야 하지 않겠는가.

2부

와인 애호가의
통장은 소중하다

음식과 와인이 만났을 때

와인과 어울리지 않는 음식

그랑 에네미고 토론테스

Gran Enemigo Torrontés

이 와인을 처음 만난 건 모 수입사가 2023년 10월에 주최한 아르헨티나 엘 에네미고 와이너리 시음회에서였다. 와인 애호가라면 아무래도 엘 에네미고의 대표 와인인 그랑 에네미고 괄타라리*Gran Enemigo Gualtallary*를 기대하게 된다. 카베르네 프랑*Cabernet Franc* 85%에 말벡*Malbec* 15%의 비율로 블렌딩 한 와인인데 2013 빈티지가 남미 최초로 로버트 파커 100점을 받았고 그 뒤로도 꾸준히 고득점을 받았기 때문이다. 이날 등판한 일곱 병의 엘 에네미고 와인에는 로버트 파커 100점의 주인공인 괄타라리 2013, 2019가 있어서 애호가들의 기대감을 한껏 부풀게 했다.

아내와 함께 맨 앞에 앉아서 일곱 와인을 차례로 마시며 의견을 주고받았다. 100점 받은 괄타라리가 끝내주는 것이야 두 말하면 잔소리일 테지만, 나와 아내는 정작 다른 와인에 더욱 큰 인상을 받고 제대로 꽂혔으니 바로 그랑 에네미고 토론테스다. 빈속에 와인을 마시다 보니 심지어 로버트 파커 100점 와인도 남겼지만, 이 와인만은 한 방울도 남기지 않고 다 마실 정도였다.

토론테스는 대체로 1만 원에서 2만 원대의 저렴한 화이트 와인 양조에 사용되는 청포도다. 아르헨티나가 주 생산지인데 은은한 꽃향기, 부담스럽지 않은 산도, 가벼운 바디감으로 술술 넘어가는 가성비 품종이다. 그런데 와인서쳐 앱으로 확인한 그랑 에네미고 토론테스의 해외 평균가는 무려 10만 원

(세금 제외)이다. 이건 뭐 한 병에 5만 원 하는 참이슬 소주를 만난 느낌이랄까.

아무래도 엘 에네미고 와이너리 관계자들은 발상의 전환에 능한 것 같다. 카베르네 프랑은 대체로 레드 와인에 소량 첨가되어 보조적인 역할을 하는 품종이다. 이것을 메인으로 해서 로버트 파커 100점을 받은 것도 놀라운데, 대표적인 저렴이 품종 토론테스로 자사의 최고급 화이트 와인을 만들다니.

시음회 이후에도 고급 토론테스의 풍미가 뇌리에 남아 결국 수입사에 전화해 판매처를 문의했다. 수입 물량이 수백 병 수준이라 현대백화점에만 들어간단다. 가격은 15만 원이라고 했다. 해외 평균가가 세금 빼고 10만 원이니 백화점치고는 나름 합리적인 가격이라는 생각이 들어 현대백화점 목동점에서 한 병 구매했다. 리슬링처럼 길쭉한 병 모양이 인상적인데, 엘 에네미고의 양조책임자 알레한드로 비질이 독일 모젤_Mosel_ 지역의 리슬링을 워낙 좋아해서 그렇단다. 실제로 독일 리슬링의 풍미와 뉘앙스를 지향해 그랑 에네미고 토론테스를 만들었다고 한다.

곁들일 음식을 무엇으로 할지 고민하다가 문득 멕시코 음식이 떠올랐다. 이 갑작스러운 뉴런의 연결을 어떻게 설명해야 할까. 아르헨티나와 멕시코 모두 아메리카 대륙에 있고 같은 언어(스페인어)를 사용해서이려나. 아메리카 대륙 음식 중에서는 그나마 멕시코 음식이 친숙해서일지도 모르겠다. 불현듯 떠오른 음식과 시음회의 그 와인을 머릿속에서 시뮬레이션해 보니 결과가 긍정적으로 나왔다.

하지만 그건 뇌내망상일지도 모르는 일 아닌가. 제법 가격대가 있는 와인인데 음식과의 미스매치로 망치고 싶지는 않았다. 확신을 얻고 싶어 마이크로소프트 인공지능 검색에게 물어보았더니 와인 폴리에 올라온 관련 글 주소까지 알려주면서 아주 잘 어울린다고 등을 떠민다. 멕시코 음식의 매콤하고 강렬한 맛과 토론테스의 상큼한 산미 및 과일 향이 상호 보완적이라는 의견이었다.

그래! 이 정도면 괜찮겠지. 인근에 제법 평이 좋은 멕시코 음식점이 있어서 돼지고기가 들어간 타코(나), 브리또 보울(아내)을 선택해 배달 주문을 넣었다. 곧 음식이 도착했다. 포장을 뜯어 식탁에 늘어놓은 후, 시원하게 마시려고 일부러 냉장고에 넣어둔 와인을 꺼내어 잔에 따랐다.

아내는 올해가 갑진년甲辰年 청룡의 해인데 라벨에도 용 비스름한 게 있다며 시각적 의미부터 부여한다. 역시 미술 관련 책을 쓰는 작가다운 일성이다. 외견은 아랑곳하지 않고 맛과 향 그 자체에만 몰두하는 나는, 시음회의 그 느낌을 기대하며 후각 및 미각 센서의 민감도를 한껏 끌어올려 탐닉 모드로 전환했다.

역시 코에서부터 심상치 않다. 은은하고 고급스러운 연기 향 너머로 수줍고 단아한 꽃향기가 봄바람처럼 하늘하늘 섬세하면서도 세련된 자태를 드러낸다. 잘 다듬어진 일본식 정원의 곱디고운 흙 속에서 피어난 한 떨기 백합 같다고나 할까. 한 모금 머금어 보니 코에서의 느낌이 입에서도 그대로 이어지는데, 마시기가 아깝다는 생각이 들 정도이다. 상큼하면서도 절제된 신맛, 깔끔하게 정돈된 흙 향, 과하지도 덜하지도 않게 깔린 과실 향 등 모든 요소가 혼연일체가 되어 완벽한 균형을 이룬다.

이 신선함과 상큼함과 청아함은 독일의 고급 드라이 리슬링을 떠오르게 만드는 구석이 있다. 리슬링에 대한 양조자의 팬심이 토론테스라는 품종에서 성공적으로 발현된 것이다. 여기에 이르기까지 수많은 시행착오를 거듭했을 양조자의 노력이 떠오르니 살짝 숙연해지기까지 한다. 이런 와인은 뭔가 꿀떡꿀떡 들이켜면 실례인 것 같아 천천히 조심스럽게 음미했다.

이제 음식을 섭취할 차례. 배달 용기 안에는 타코 세 개가 잘 빚은 만두처럼 놓여 있고 구석에 조각 레몬이 놓여 있다. 일반적인 상황이라면 레몬즙을 타코에 뿌려 먹겠지만, 지금은 와인과 즐기고 있으니 가만두었다. 신맛이 나는 음식이 대체로 와인과 잘 어울리지만서도, 그 신맛이 와인을 압도할 정도로 과도하면 음식과 와인은 어울리지 않고 충돌한다. 그러니 섣불리 레몬즙을 투하했다가는 음식과 와인의 궁합을 해칠 수 있다.

예측한 대로 멕시코 음식과 토론테스의 궁합은 꽤 준수했다. 다만 한 가지 아쉬운 점이 있는데, 음식에 비해서 와인이 너무 고급이라 5성급 호텔 식당에 앉아 떡볶이와 김말이를 먹는 것 같은 위화감이 구강 내부에서 느껴졌다. 그랑 에네미고 토론테스 정도의 와인은 좀 더 근사한 음식과 매칭하는 게 좋겠다고 생각하는 찰나, 맞은편에서 예상치 못한 아내의 반응이 터져 나왔다.

"음식과 와인이 너무 안 어울리는데?"
"그래? 난 잘 어울리는데, 왜 그렇지?"
"너무 신맛만 강하게 올라와. 그래서 속이 산성화되는 느낌이야."

혹시나 해서 아내가 주문한 브리또 보울을 한 숟가락 퍼서 먹었는데, 어이쿠야! 소스가 엄청나게 신 것 아닌가. 이러니 문제가 될 수밖에. 아내에게 자초지종을 설명하고는 다른 음식과 먹으라고 권했다. 마침 아이들 주려고 주문한 김밥이 있어서 아내가 그걸 집어 먹는데, 공교롭게도 신맛이 강한 묵은지가 들어간 김밥이었다.

"와인을 마시는 게 아니라 신맛 나는 자몽 액을 마시는 것 같네."
"시음회 때 우리 둘 다 너무 맛있게 마셨는데…"
"그때는 그랬는데, 오늘은 날이 아니다."

강 건너 불구경이라도 하듯 내 잔 속 와인은 여전히 끝내준다. 솔직히 아내가 마시는 와인이라고 화학적 구성이 다르겠는가. 하필이면 아내가 먹는 음식이 와인보다 훨씬 더 신맛이 난 게 안타까울 뿐이다. 멋진 와인과 멋진 음식이라 하더라도 둘 사이의 상성이 좋지 않으면 함께 먹었을 때 각각의 장점마저 퇴색된다. 하필이면 그 생생한 사례가 눈앞에서 펼쳐질 줄이야. 석 달 전 아내 본인이 그렇게 극찬했던 와인이 이 순간만큼은 짝지를 잘못 만나 천덕꾸러기로 전락했다.

그러건 말건 이쪽 와인은 여전히 훌륭한 페이스다. 시원함이 가실 정도로 온도가 상승했지만 그로 인해 수줍게 모습을 드러내는 달콤한 향까지 매력적이다. 점점 줄어드는 와인도 아쉽고 이 감동을 공유하지 못한 아내의 상황도 못내 아쉽다.

추후 기회를 봐서 근사한 레스토랑에 이 와인을 들고 가야겠다. 최고의 와인이라면 응당 그 품격에 맞는 요리와 함께 즐겨야 하지 않겠는가. 이래저래 와인에게 미안할 따름이다.

와인 생활의 대전환기

피노 그리지오의 교훈

와인 애호가 이십만 명이 모인 네이버카페 '와쌉'에 '다운 그레이드 어떻게 하시나요?'라는 제목의 게시물이 올라왔다. 작성자의 고민은 이랬다. 전에는 2주에 와인 한 병 정도 마셨는데 언제부터인가 와인에 빠져 이틀에 한 번 마실 정도가 되었다. 가끔 고가의 와인을 마시다 보니 입맛이 고급이 되어 평소 즐기던 데일리 와인에 한 잔 이상 손이 안 가게 되었다. 경제적으로 부담이 되는 상황이라 다시 저렴이 입맛으로 돌아

갈 방법이 없냐는 것이다.

통장 잔고를 보면 자동으로 다운그레이드된다, 잠시 소주로 주종을 바꿔라, 다른 품종으로 건너가라, 2주만 금주하면 데일리도 꿀맛이 된다, 집·차·와인은 다운그레이드가 어렵다 등등 다양한 의견이 달렸다.

나 또한 예전에 같은 일을 겪었다. 입맛이 올라가 고급 와인을 덜컥 구매하고, 통장이 '텅장'으로 변해가는데도 무감각해지고, 정신 차리라는 아내의 등짝 스매싱이 구매 독려로 여겨지고, 그야말로 점입가경이었다. 이런 나에게 저렴한 와인의 매력을 깨닫게 해주고, 와인 생활의 대전환을 불러온 와인이 있으니 바로 '피노 그리지오Pinot Grigio'다.

청포도 품종인 피노 그리지오는 재배 지역에 따라 불리는 이름도, 풍미도 다르다. 이탈리아에서는 피노 그리지오라고 부르지만, 프랑스는 '피노 그리Pinot gris', 독일은 '그라우부르군더Grauburgunder'다. 회색을 의미하는 그리gris에서 알 수 있듯 피노 그리지오는 엷은 회색빛이 감도는데, 프랑스의 피노 그리는 풀바디에 향신료 및 과실 향, 낮은 산도, 높은 알코올 도수, 유질감이 특징이다. 이탈리아의 피노 그리지오는 포도를 일찍 수확해 신선한 산도, 적당한 과실 풍미, 낮은 알코올 도수, 가벼운 바디감을 지향한다. 개인적으로 청바지와 면티처럼 상큼하고 편한 이탈리아 피노 그리지오가 맘에 든다.

피노 그리지오와의 첫 만남은 결혼 10주년을 기념해 보라카이로 가족 여행을 갔을 때였다. 숙박했던 리조트의 야외 식당이 워낙 유명한 포토존이라 일찌감치 방문해 자리를 잡고 식사 시간까지 뻗치기로 했다. 그냥 앉아 있기 민망해서 메뉴판에서 가장 싼 와인을 골라 한 병 주문했는데, 바로 그 와인이 피노 그리지오였다. 가격은 10달러 정도였던 것으로 기억한다.

가장 저렴한 와인으로 주문한지라 기대 없이 마셨는데, 예상외로 "오! 이거 괜찮은데?"라는 말이 불쑥 튀어나왔다. 복숭아, 배 향기에 싱그러운 산도가 어우러지니 마치 보라카이의 부드럽고 시원한 바닷바람 같았다. 식사 시간이 되어 해산물을 푸짐하게 시켰는데 음식과도 너무나 잘 어울리는 것 아닌가. 한국으로 돌아와 국내 마트에서 피노 그리지오를 찾아보니 대체로 1만 원대로 저렴했다. 다만 천덕꾸러기처럼 저 구석에 아무렇게나 놓여 있는 게 안타까웠다.

사실 국내 와인 애호가들에게는 그다지 인기가 없는 품종이다. 와인 단독으로만 보자면 좀 애매한 구석이 있기 때문이다. 향이 강한 것도 아니고, 입에서 찐득하게 존재감을 드러내는 것도 아니다 보니, 강렬한 레드 와인을 선호하는 사람에게는 맹물 같다고 핀잔을 듣기 십상이다. 하긴 나도 갓 와인에 빠졌던 때는 거의 레드만 마셨으니까.

당시 내가 와인을 대하는 태도는 지금과 사뭇 달라서 와인을 주인으로 모시고 음식을 시종으로 여겼다. 무슨 얘기냐 하면, 일단 '근사한' 와인을 하나 산 후에 그 와인에 어울리는 음식을 준비해서 마시는 식으로 접근한 것이다. 이렇게 와인 생활을 하니, 근사한 와인에 들어가는 돈도 만만치 않고 곁들여 먹는 음식이 제한적이었다. 레드 와인을 마실 때면 습관적으로 고기를 굽고, 화이트 와인을 마실 때면 해산물을 준비했으니 말이다.

그런데 여행지에서 10달러짜리 피노 그리지오를 만나 음식과 저렴한 와인의 기막힌 궁합을 체험한 후 코페르니쿠스적 인식의 전환이 일어났다. 음식이 주인이 되고 와인이 시종이 되는 새로운 관계를 모색하게 된 것이다. 예를 들어 오늘

보쌈을 배달시켜 먹을 거면 보쌈과 잘 어울리는 적당한 와인을 준비하고, 마라샹궈를 먹는다면 또 그에 어울리는 와인을 마트에서 산다. 접근 방식을 바꾸자 레드 와인보다는 화이트 와인을 마시는 비율이 높아졌다. 신선하고 은은한 풍미의 화이트가 한층 음식 친화적이기 때문이다.

와인이 음식을 거드는 역할로 물러서니 구매하는 와인의 가격도 전보다 확연히 낮아졌다. 그렇다고 만족도가 딱히 떨어지는 것도 아니다. 음식과 와인의 궁합이 제대로 맞아떨어지면 놀라운 시너지효과가 일어나는데, 고급 와인을 마실 때와는 결이 다른 만족감과 감동을 얻기 때문이다. 그리하여 와인 생활에 근본적인 대전환이 일어나게 되었다. 음식이 주인, 와인은 시종! 레드보다 화이트!

새해가 왔다. 지구는 어김없이 태양 주위를 한 바퀴 돌아 365일 전의 그 자리로 돌아왔다. 예수 탄생 때로부터 벌써 2024번이나 돌았다는데, 사람들은 이 도돌이표의 시작점을 새해라고 부른다. 새해 벽두에 스페인 사람들은 포도알 열두 개를 먹고, 덴마크 사람들은 이웃집 문 앞에서 접시를 깨고, 이탈리아 사람들은 빨간 속옷을 입는다고 한다. 행위의 외양은 제각각이지만 지향은 동일하다. 복을 빌자는 게다. 나 또한 그런 의도로 와인을 한 병 깠다.

칸티나 자카니니 피노 그리지오
Cantina Zaccagnini Pinot Grigio

와인 병목에 매달린 포도 나뭇가지는 액운을 쫓고 새로운 시작을 축복하는 의미가 담겨 있다. 이탈리아의 칸티나 자카니니라는 생산자가 만들었는데 피노 그리지오치고는 제법 몸값이 있어서 2만 원대 후반으로 구입했다.

오래간만에 보쌈을 주문했다. 피노 그리지오와의 궁합이 끝내주기 때문이다. 삶은 돼지고기 특유의 부드러움은 참으로 바람직해서, 온전치 않은 치아 때문에 고생하는 이도 고기 씹는 즐거움을 만끽할 수 있게 한다. 고기 하나 김치 하나 포개어 입에 넣고 씹는다. 달짝매콤 보쌈김치와 촉촉담백 보쌈고기가 만들어내는 아삭아삭 우적우적 하모니는, 바이올린(보쌈김치)의 고음과 첼로(보쌈고기)의 저음이 어우러지는 현란한 이중주를 떠올리게 만든다.

화려한 이중주 감상 후 몰려드는 피로감을 시원하게 달래주려 피노 그리지오가 등장한다. 특유의 은은한 복숭아 향은 소싯적 즐겨 마시던 추억의 음료수 '이프로'를 떠올리게 만든다. 알코올 도수가 12.5%인데도 이렇게나 목 넘김이 부드럽다니. 상큼·청량·깔끔하면서 쓴맛이 없고 기분 좋은 과실 향이 감도는 데다가, 자기주장이 강하지 않아 앞선 음식의 풍미를 요만큼도 거스르지 않는다. 소주에 물린 사람이라면 이탈리아에서 건너온 상위호환 주종인 피노 그리지오를 적극 추천하고 싶다. 한 병에 1만 원대라 소주보다는 다소 비싸다지만 소주 한 병이 360mL인데 반해 와인은 750mL다. 그러니 큰 차이가 나는 건 아니다. 게다가 맛과 향은 소주와 비교할 수 없을 만큼 근사하다(물론 내 기준에서다).

페스코 베지테리언으로서 보쌈을 멀리하고 함께 주문한 낙지볶음과 김치전으로 피노 그리지오를 즐기던 아내가 갑자기 극찬 퍼레이드다.

"이 와인 우리가 여러 번 마셨잖아. 단 한 번도 실망한 적이 없어. 라벨도 이쁘고 매달린 나뭇가지도 근사해. 겉만 번지르르하고 정작 맛이 별로인 와인도 많은데, 이건 목 넘김 좋고,

은은한 과실 향도 좋고, 너무 달지도 쓰지도 않고, 음식이랑도 잘 어울려. 심지어 가격까지 착하단 말이야. 와인계의 유니콘이야.”

아니 이 사람이 나 몰래 광고비를 받았나. 그런 상찬은 입금 이후에나 해야지 ‘내돈내산’으로 쏟아내면 어떡해! 슬그머니 취기가 오르니 문득 바흐 골드베르크 변주곡의 아리아 선율이 떠오른다. 맑고 깨끗한 호수에서 작은 파문이 일어 주위로 퍼져나가는 듯, 그 단순하기 짝이 없는 청아한 선율이 피노 그리지오와 어딘지 닮아 있다. 화성과 선율이 현란하고 자기주장이 강했다면, 서른 개의 변주로 변용되기 어려웠을 것이다. 피노 그리지오 또한 향과 맛에서 자기주장이 강하지 않고 단순 담백해 수많은 음식과 잘 어우러진다.

이 성공적 ‘다운그레이드’ 경험담을 댓글로 달려고 했지만 아무래도 좀 길어지다 보니 각 잡고 글로 써 봤다. 게시물을 올렸던 와쌉 회원님이 읽으시기만을 바랄 뿐이다. 모든 와인 애호가의 통장은 소중하다. 가성비 극강인 피노 그리지오에게 최고의 찬사를!

손에 꼽을 정도의 최고의 궁합

리슬링 트로켄과 낙지볶음

식재료로서의 낙지는 뭔가 한국인의 정체성과 연결되어 있다고 느껴진다. 영화 〈올드보이〉에서 주인공 역을 맡은 배우 최민식이 산낙지를 우걱우걱 씹을 때 외국 관객들은 그렇게 기겁했다는데, 한국인들은 고놈 참 실하다며 초고추장이나 기름장이 떠오르지 않는가. 모두가 그런 건 아닌데, 성급한 일반화의 오류라고? 그렇다면 미안하다만, 어쨌든 초등학생인 우리 집 막내는 생선회를 배달시킬 때면 낙지회도 꼭 함께

주문하라고 성화를 부린다. 그 나이에 벌써 산낙지 맛을 알아버린 것이다. 칼로 탕탕 알맞은 크기로 손질되어 애벌레처럼 꼬물대는 다리를 보며 군침을 흘리는 소녀라니. 대한민국 이외의 지역에서는 발견되기 어려운 존재 아닌가.

낙지로 할 수 있는 요리의 종류는 뜨끈하고 감칠맛 도는 연포탕, 낙지·곱창·새우의 대환장 컬래버레이션이 끝내주는 낙곱새, 몸살감기엔 어김없이 떠오르는 낙지김치죽, 낙지 본연의 끈끈한 생명력을 만끽할 수 있는 낙지회(낙지탕탕이) 등 다양하다. 하지만 낙지를 주요 재료로 활용하는 대표적인 요리는 뭐니 뭐니 해도 매콤한 고추장 양념에 갖가지 채소를 함께 볶아내는 낙지볶음이다.

내가 낙지볶음에 제대로 빠지게 된 장소는 서울 종로구의 음식점 '서린낙지'다. 이곳은 독특하게도 낙지볶음에 소시지와 베이컨을 함께 데워서 먹는다. 워낙 장사가 잘되는 곳이라 그런지 식사 시간쯤에 방문하면 자리마다 즉시 조리가 가능하도록 미리 세팅되어 있다. 불판 위에 얇은 쿠킹 포일이 놓여 있고, 쿠킹 포일 바닥에는 베이컨이 낮은 포복 자세로 바짝 붙어 있다. 그 위로 고봉밥처럼 차곡차곡 소시지, 감자, 파, 양파,

콩나물 등 식재료가 쌓여 있는데 자신을 흡입해줄 손님을 다소곳이 기다린다.

적당한 자리에 앉아 주문하면 금세 낙지볶음, 소시지 찍어 먹을 빨갛고(케첩) 노란(머스터드) 소스, 그리고 공깃밥이 나온다. 낙지볶음 접시를 집어 들어 예의 고봉밥 비스름한 녀석 위에 부어버리고서는 가스버너의 불을 켠다. 이내 식재료에서 물이 스며 나오고 콩나물과 채소의 숨이 적당히 죽으면 요리조리 뒤섞어준다. 딱 봐도 맛있을 게 분명할 정도로 양념 색이 고루 배어들면 적당히 불을 줄인다.

이제 젓가락을 들고선 탱글탱글한 소시지를 하나 집어 들어 빨갛고 노란 소스에 쿡 찍어 한입 베어 문다. 흐헤후호호. 갓 데워져 김이 모락모락 나는 소시지가 갑작스레 혀와 만났을 때 반사적으로 나오는 소리다. 움찔하는 혀에 이리 치이고 저리 치이며 입안 구석구석 돌아다니는 소시지 덕분에 구강 가득 따스한 기운이 조성된다. 입안 온도가 올라가는 만큼 소시지 온도는 적당히 하강하는데, 그때부터 꼭꼭 씹어서 넘기면? 그거참 맛있구먼.

이제 낙지 차례다. 고추장 갯벌에서 이제 막 기어 나온 듯한 붉은 색에, 가지런히 도열한 동그란 빨판이 시각적으로 침샘을 자극한다. 손가락 굵기만 한 녀석을 하나 집어 들어 입에 넣는다. 식감에서조차 끈끈한 생명력이 느껴지는데, 질끈 파고든 치아를 탱글탱글한 반발력으로 냅다 밀어낸다. 이놈 봐라? 짓이긴다는 느낌이 들 정도로 잘근잘근 씹어주면 달짝지근한 감칠맛과 매콤한 양념 맛이 어우렁더우렁 혓바닥이 아릴 정도로 전해진다. 아플 정도로 얼얼함이 느껴지면 미지근한 콩나물국 국물을 한 모금 들이켜준다. 캬! 쥐기네!

이쯤 되면 대개 차갑고 쓴 소주를 떠올리겠지. 하지만 와인 애호가인 나는 조건반사적으로 드라이(달지 않은) 리슬링이 생각난다. 청포도 품종인 리슬링은 독일, 프랑스 알자스 지역에서 주로 재배된다. 서늘한 기후에서 잘 자라고 와인으로 만들었을 때 쨍한 신맛과 달콤한 잔당감의 조화가 일품이다. 당도를 높여 스위트 와인으로 양조하기도 하는데, 그 우아하고 고급스러운 단맛은 애호가들의 감탄사를 불러일으킨다. 음식과 와인의 궁합이라는 측면에서 평가한다면, 낙지볶음과 드라이 리슬링은 내가 경험한 다양한 조합 가운데에서도 손에 꼽을 정도로 매력적이다. 낙지볶음에서 와인을 떠올리는 이는 드

물겠지만, 누군가 이 조합을 경험하기만 한다면 소주 생각은 싹 달아나리라 확신한다.

리슬링은 화이트 와인이라 시원하게 마시는 술이다. 제대로 매운 낙지볶음이 왕림하신 구강 내부는 미각 세포들의 비명 속에 통증이 생성되는데, 리슬링의 시원함이 일차적으로 이 통증을 완화한다. 이어서 신선한 산미와 함께 상큼한 복숭아, 사과, 감귤 향이 구강과 비강 안에서 퍼져나간다. 뒷맛에서는 은은한 잔당감이 낙지볶음 매운맛의 여운과 겹치며 살며시 모습을 드러내는데 이 두 맛의 어울림이 재미로도 미학적으로도 참으로 인상적이다. 리슬링에 특유의 이 잔당감이 존재하지 않았다면, 매운 음식을 먹고선 뜬금없이 시큼한 레몬을 한입 베어 무는 행위처럼 생뚱맞고 당혹스러운 조합이 되었을 것이다.

어머니도 드라이 리슬링을 무척 좋아하신다. 어머니는 같은 아파트 단지에 사시는데 한 달에 한 번 건너오셔서 우리 부부와 함께 와인을 드신다. 얼마 전 어머니를 위해 일부러 준비한 와인이 있었다. 슐로스 요하니스베르그 브론즈락 리슬링 트로켄*Schloss Joahannisberg Bronzelack Riesling Trocken*

이다. 무슨 암호문 같다고? 슐로스 요하니스베르그*Schloss Johannisberg*는 와인 회사명, 브론즈락*Bronzelack*은 제품명, 리슬링은 포도 품종, 트로켄*Trocken*은 달지 않은 와인이라는 의미다. 와인 해외직구 사이트로 유명한 위클리와인에서 약 3만 8,000원의 가격으로 구입했다.

낙지볶음은 배달 앱으로 '오봉집'에서 주문했다. 배달이 가능한 인근 음식점 중에서도 맛이 괜찮아 종종 주문하는 곳이다. 일부러 신경 써서 리슬링과 낙지볶음의 조합을 준비했는데, 어머니가 드시더니 너무 맛있다며 활짝 웃으신다. 역시 한국인의 입맛에 최적화된 '꿀조합'이다. 그런데 어머님이 너무 벌컥벌컥 드시는 바람에 한 병이 금세 바닥을 드러냈다.

나와 아내, 그리고 어머니 이렇게 셋이 와인 한 병이면 아쉬울 만도 하지. 어머니의 강력한 요청으로 셀러에 보관 중이던 슐로스 요하니스베르그 겔블락 리슬링 트로켄*Schloss Johannisberg Gelblack Riesling Trocken*을 추가로 열었다. 같은 회사에서 만든 와인이지만 브론즈락보다는 한 등급 아래의 와인이다. 약 3만 원의 가격에 구입했다. 브론즈락보다 대략 8,000원 정도 싸다.

어머니와 아내가 8,000원 저렴한 와인에 대해 어떻게 평가할지 궁금했는데, 이구동성으로 브론즈락과 비교해 아쉽다고 한다. 만약 겔블락 단독으로 마셨다면 그것대로 맛있었을 텐데. 앞으로는 8,000원 더 보태서 브론즈락을 사야겠구나. 솔직히 내 입맛에도 제법 차이를 느꼈다. 8,000원의 차이를 귀신같이 알아채는 사람의 입이 참으로 섬찟할 뿐이다.

이 글을 읽다가 입에 침이 고여서 지금 당장 낙지볶음 주문하고 리슬링 사 와서 마셔야겠다고? 잠깐! 유의할 사항이 있다. 라벨에서 '리슬링'이라는 명칭만 확인하고선 무턱대고 구매하면, 간혹 은은한 잔당감이 아닌 과한 단맛에 당황하게 된다. 리슬링마다 당도가 다르기 때문이다. 당도가 높은 리슬링은 일반적인 음식보다는 달달한 과일이나 디저트에 곁들여야 궁합이 맞다. 그렇다면 낙지볶음 같은 음식에 어울릴 드라이 리슬링을 골라낼 방법이 있을까? 가장 손쉬운 방법은 라벨에서 'trocken'이라는 독일어를 찾는 것이다. 이 단어는 영어로 치면 'dry'에 해당하며 달지 않은 와인이라는 의미를 지니고 있다.

하지만 라벨에 따로 적혀 있지 않은 드라이 리슬링도 종종 있다. 그러니 라벨의 알코올 도수를 확인하자. 12%가 넘는 경우는 대체로 드라이 와인으로 판단하면 크게 어긋나지 않는다. 알코올 도수가 리슬링의 당도를 판단하는 지표가 될 수 있는 이유가 있다. 와인을 만드는 과정에서 효모의 작용으로 당 성분이 알코올로 변환되는데, 발효가 많이 진행될수록 당도는 낮아지고 알코올 도수는 높아진다. 반대로 발효가 적게 진행되면 상대적으로 당도는 높고 알코올 도수는 낮다. 그러니 12%가 넘을 만큼 알코올 도수가 높다는 것은 그만큼 발효가 많이 진행되어 당이 대부분 알코올로 바뀌었다는 것을 의미한다. 이제 실수 없이 드라이 리슬링을 고를 수 있으니, 행복을 위해 와인 매장으로 가져도 좋다.

명절에 반주가 필요한 순간

한국 와인과 차례 음식

음식에 있어서 대한민국 전역이 민족적 정체성을 회복하는 날이 있다. 바로 추석이다. 평소에는 빵을 즐기느라 찾지도 않던 깨 가득 송편을 먹고, 초콜릿 대신 강정과 약과를 집어 들고, 바나나 파인애플 말고 사과 배를 간택한다. 밥상에는 도라지, 고사리 등의 나물과 각양 각종의 전이 올라가는데, 그야말로 추석은 음식에 있어서 외적의 침략을 막아내는 독립기념일이라 할 만하다.

명절 상차림의 이 고결하고 순결한 민족적 형식미에 화룡점정 역할을 하는 건 역시 술이다. 조상님들의 전통을 제대로 받든다면 우리 땅에서 키운 햅쌀로 정성스럽게 빚은 우리 술을 상에 올려야겠지만…. 죄송합니다! 제가 곡주보다는 포도 향이 감도는 와인을 너무 좋아합니다. 어찌하면 좋겠나이까.

밥상 차림새의 민족적 형식을 크게 해치지 않으면서도 와인을 마시고 싶다는 개인적 욕구를 충족하는 절충안을 모색하다가 도출한 결론은 '한국 와인'이었다. 우리 땅에서 재배한 포도로 우리나라 사람이 정성껏 빚은 술이라면, 그것이 설령 곡주는 아니더라도 조상님들께서 용인해주시지 않겠는가.

고민인 것은 그동안 몇 차례 경험했던 한국 와인들이 대체로 만족스럽지 못했다는 점이다. 비슷한 가격대의 외국 와인과 비교해서 맛과 향이 아쉬웠다. 마음 깊은 곳에 고여 있는 애국심을 다섯 두레박 이상 길어 올리지 않는다면 굳이 구입해서 마시기가 어렵다는 생각이 들 정도다. 한국 와인을 폭넓게 마셔본 건 아니지만 몇 번 마신 와인들이 모두 아쉬웠으니 선뜻 새로운 와인을 시도할 엄두가 나지 않는 게 솔직한 심정이다. 물론 첫술에 배부르겠는가. 삼성이나 현대 같은 기업이 처음부터 반도체와 자동차를 잘 만든 건 아니었으니 말이다. 하지만 나는 미래의 어느 시점이 아니라 지금 이 순간 구매 여부를 고민하고 있지 않은가.

다만 기대어볼 만한 하나의 가능성은 존재했다. 지금까지 마시고 아쉬움을 느꼈던 한국 와인은 모두 레드 와인이었다는 점이다. 그래서 이번에는 속는 셈 치고 화이트 와인을 시도해보기로 마음먹었다. 인터넷으로 요리조리 검색하다가 마음이 동하는 한국 와인 시음기를 발견했다. 글쓴이는 2022년 7월 코엑스에서 열린 주류&와인 박람회에서 '라라'라는 한국 화이트 와인을 맛보고 머릿속에 바로 느낌표가 떠올랐다는 것이다.

예상을 뛰어넘는 좋은 인상을 받아 일부러 한 병 구매해서 집에 와서 또 마셨다는데, 한국 와인이라서 긍정적인 리뷰를 쓴 게 아니라 진짜 맛있어서 그렇다고 당구장 표시(※)까지 넣어가며 강조했다. 업체 제공이 아닌 '내돈내산' 후기이고 다양한 국가의 와인에 대해 꾸준히 리뷰를 남긴 블로그라서 더욱 신뢰가 갔다. 그렇게 후기에 낚여 충청북도 영동군에 위치한 산막 와이너리에서 만든 '라라'를 구매하게 되었다. 가격은 2만

5,000원이며 전통주로 분류되어서인지 인터넷 주문이 가능했다.

　9월 11일에 주문하고 결제했는데 9월 13일이 되어도 여전히 상품 준비 중이어서 착오가 있나 싶어 와이너리에 직접 전화로 문의했다. 마침 포도 수확이 바쁜 시기라서 주문을 모았다가 한꺼번에 발송한단다. 전화 문의 바로 다음 날인 9월 14일에 집에 택배가 도착했다. 하여튼 나도 참 성질머리 급한 건 알아줘야 한다니까.

　포장을 여니 안내 책자가 들어 있었다. 한국 최초로 세계 최대규모 국제 와인 대회에서 품질을 인정받았으며, 화학비료와 제초제를 철저하게 배제한 친환경농법으로 포도를 재배하고 있단다. 책자에는 여덟 가지 와인이 소개되어 있는데, 그중에 내가 구입한 '라라'는 청수 품종으로 만들었다고 한다. 알코올 도수는 12%인데 제품의 후면 라벨에 '알코올 도수를 맞추기 위해 설탕을 추가하였으나 잔당은 거의 없다'는 문구가 쓰여 있다. 아마도 포도의 당도가 알코올 도수 12%가 나올 만큼 받쳐주지는 못하는 모양이다.

인터넷에서 발견한 시음기에서 칭찬 일색이었다고는 하지만, 그렇다고 무턱대고 차례상에 올릴 수는 없는 노릇이니 일단 검증을 위한 사전 테스트에 돌입했다. 추석 밥상과 비슷한 느낌을 내기 위해서 평소에는 잘 가지도 않는 현대백화점 목동점을 방문해 송편, 전, 나물 등을 구매했다.

토요일 저녁 온 가족이 식탁에 앉아서 간만에 백화점 음식을 벌여놓고 식사를 시작했다. 아이들은 냉큼 송편과 절편 떡부터 집어 든다. 평소라면 일단 안주부터 먹은 후 한잔 마시기 시작하겠지만, 오늘은 한국 화이트 와인에 대한 호기심에서 와인 잔부터 손이 갔다. 차분하게 스월링을 한 후 잔 안에 모인 와인 향을 100m 전력 질주 후에나 있을 법한 혼신의 들숨으로 한껏 들이켰다.

오잉? 굉장히 반갑고 아련한 의외의 향이 비강을 가득 채운다. 소싯적 청포도 알을 떼어내 손에 즙을 묻혀가며 먹을 때 코에서 감돌던 바로 그 냄새다. 명명백백한 청포도 향이 강하게 응축되어 강렬하게 폐부로 들어오는데, 그 순간 큼직한 청포도 사탕이 떠올랐다. 더도 말고 덜도 말고 딱 그 향이다. 그동안 수많은 화이트 와인을 마셔봤지만, 토종 한국인에게 이렇게나 강렬한 노스탤지어를 느끼게 한 녀석은 처음이다. 와인이라는 이국적 형식의 음식에서 지극히 한국적인 정서가 감지되니 당황스럽기도 하고 재밌기도 해서 헛웃음 비슷한 웃음이 나왔다. '네가 왜 여기서 나와!'

식탁 건너편에서 한 모금 마시던 아내가 불쑥 말을 건넨다.

"예전에 마셨던 국산 레드 와인보다 훨씬 낫네."
"기대 이상이야. 상당히 괜찮은데."
"향기만 맡아서는 달콤한 느낌인데 입에서는 단맛이 하나도 없어. 코와 입에서 각각 느낌이 완전히 달라서 흥미로워."
"옛날에 먹던 큰 눈깔사탕 있잖아. 청포도 맛 나는 것 말이야. 그 향이 나니까 참 재밌어. 근데 인공적인 느낌이 아니고 자연스러워."
"코에서는 향기가 화려화려 달콤달콤한데, 입에서는 한 나라의 공주에게서 느껴질 법한 기품 있고 도도한 차가움이 느껴져."

아내의 표현처럼 입에서는 차분한 느낌이 강하다. 그렇다고 심심하거나 재미없는 게 아니라 단아한 차분함이랄까. 적당하게 기분 좋은 신맛에 밸런스도 좋고 음식과의 궁합도 무난하다. 눈이 확 떠지는 시너지가 느껴지는 건 아니지만 나물, 전, 송편 등과도 특별히 거슬리는 것 없이 자연스럽게 어우러진다. 일부러 김치를 먹고 나서 마셨는데도 별다른 위화감이 없다. 그냥 집밥 먹으면서 반주로 마셔도 괜찮겠다 싶은 정도다.

이렇게 느낌이 좋다 보니 청수라는 품종에 대해 호기심이 생겨 정보를 검색해보았다. 원래는 씨 없는 식용 청포도를 만들기 위해 농촌진흥청이 육종한 포도란다. 식감도 좋고 향도 강하며 추위에도 잘 견디고 열매도 잘 맺혀서 장점이 많았다. 하지만 수확기에 포도알 떨어짐 현상이 너무 심해 상품성이 떨어져서 농가에서 외면받았는데, 양조용으로 사용되면서 다시 인기를 얻게 되었다고 한다. 어쩐지 기존 와인에서 느낄 수 없었던 식용 포도의 향기가 강하게 감지된다 했더니 그러한 사연이 있었구나. 이 와인을 마시며 '네가 왜 여기서 나와!'라는 느낌을 받은 이유를 알 수 있었다.

이 정도면 추석 밥상의 민족적 형식을 해치지 않는 동시에 굳이 애국심에 기대지 않고 즐겁게 마실 수 있는 와인임이 분명하다. 게다가 외국 와인의 아류가 아닌 한국 와인만의 개성을 갖고 있으니 그야말로 금상첨화가 아닐 수 없다. 이것 참 제대로구나. 우야튼 술 있는 한가위만큼은, 위 증즐가 대평성 대로세!

비명으로 시작된 충격적인 그 맛

와인과 미역줄기볶음

음식에 술을 곁들여서 사랑하는 사람과 함께 먹고 마시는 일은 대체로 즐거운 기억으로 남기 마련이다. 하지만 그날만은 달랐다. 지금까지 와인을 마시면서 가장 충격적이었던 순간은 아내의 비명으로 시작되었다.

"으악!"

"왜 그래?"

"와인 맛이 갑자기 이상해. 한번 마셔 봐."

잔을 건네받아 조금 마셨는데 이제껏 경험하지 못한 어마어마한 비린 맛이 감지되었다. 같은 와인을 마시고 있는데 유독 아내 잔의 와인만 이상한 것이다. 그 거북함의 강도는 상상을 초월해서 차라리 푸세식 화장실 냄새가 낫다고 생각될 정도였다.

"이거 정말 심한데?"
"조금 전까지 멀쩡했는데 왜 이렇지?"
"혹시 짐작 가는 것 없어?"
"모르겠어. 안줏거리가 떨어져서 미역줄기볶음 남은 것을 냉장고에서 꺼내어 같이 먹었는데 그때부터 그러네."

미역줄기볶음이라는 단어를 듣고서 비체험형 지식 하나가 불쑥 떠올랐다. '오크 숙성을 한 와인이 비린내 나는 음식과 만나면 그 비린내가 증폭된다.' 저가 와인은 스테인리스 혹은 시멘트로 제조된 탱크에서 발효 과정을 거치지만, 고급 와인은 대체로 오크통에서 숙성한다. 그런데 이 오크 숙성 와인과 비린내 나는 음식이 만나게 되면 그 비린내가 불쾌할 정도로 강화된다는 얘기다.

미역줄기볶음의 냄새를 맡아보니 마트에서 구입하고 며칠 지난 녀석이라 비린내가 좀 올라오고 있었다. 싱싱한 녀석이었다면 그럭저럭 괜찮을 수도 있었을 텐데. 어쨌든 아내의 시도 덕분에 관념적 지식이 드디어 구체적인 현실과 연결되었다.

아내의 잔에 담긴 와인은 싱크대에 죄다 버렸다. 하지만 여전히 잔에 비린내가 배어 있어 세제를 묻혀 부드러운 수세미로 빡빡 닦으니 그제야 냄새가 가셨다. 와인과 비린내 나는 음식을 함께 섭취했다가 봉변당하는 일은 드물지 않아서 포털 사이트에서 검색해 보면 다양한 사례를 접할 수 있다.

예컨대 한 와인 유튜버는 친구들과 먹태 구이에 와인 두 종류를 곁들여 먹는 영상을 찍다가 비린 맛에 당황하는 일이 벌어졌다. 저렴한 칠레 화이트 와인은 오크 풍미가 적어서 그런지 문제가 없었지만, 가격이 서너 배 비싸고 오크 풍미가 강한 미국 나파 밸리 화이트 와인을 마시니 비린 맛이 심했다. 참고로 와인 숙성에 사용되는 225L 크기의 프랑스 오크통은 가격이 미화 800달러에서 2,500달러에 이를 정도다. 그러니 오크 숙성한 와인이 더 비쌀 수밖에.

오크 숙성 와인이 음식의 비린 맛을 강화한다는 지식이 널리 알려지는 데에는 와인 애호가들이 즐겨보는 만화 《신의 물방울》의 역할이 크다. 이 만화의 2권과 3권에 걸쳐 굴 요리와 샤블리 와인의 조합에 관한 에피소드가 등장하는데 여기서 비린 맛 얘기가 나온다. 참고로 샤블리 와인은 프랑스 부르고뉴 샤블리 지역에서 샤르도네 품종의 포도로 만든 화이트 와인이다. 굴과 샤블리 와인은 프랑스에서 최고의 조합으로 여겨진다. 와인 한 방울 마셔 본 적도 없는 챗지피티가 이렇게 말할 정도다.

"굴과 샤블리 와인의 조합은 참으로 유명하고 요리계에서 높은 평가를 받고 있습니다. 해산물과 와인을 좋아하는 사람들 사이에서 인기 있는 클래식 페어링으로 간주됩니다. 은은한 짠맛과 부드러운 질감을 지닌 굴은 샤블리 와인의 산뜻한 미네랄 특성을 보완하는 것으로 알려져 있습니다."

《신의 물방울》 주인공인 와인 평론가 토미네 잇세는 생굴 요리와 샤블리 와인을 함께 내놓은 한 프랑스 음식점에 대해

혹평을 남긴다. 음식은 맛있지만 와인에 대한 이해도가 떨어진다는 이유였다. 챗지피티도 알 정도로 최고의 궁합인데 왜 그럴까? 음식점에서는 신경 써서 오크 숙성한 고급 샤블리 와인을 내놓았지만, 앞서 언급했다시피 오크 숙성한 와인은 생굴의 비릿한 맛을 한층 증폭시키기 때문이다. 또 다른 주인공인 맥주회사 직원 칸자키 시즈쿠가 등장해 식당 주인을 도와주는데, 페어링하는 와인으로 오크 숙성하지 않은 저렴한 샤블리 와인을 선택한다. 다시 식당을 방문한 평론가 토미네 잇세는 개선된 조합을 체험하고서는 좋은 평가를 한다.

와인과 비린 맛에 얽힌 소재를 다룬 만화는 또 있다. 단행본으로 100권이 넘게 출간되어 요리 만화의 원조이자 원로로 대우받는 《맛의 달인》에서는, 내가 직접 확인한 것만도 16권 〈요리사의 열등감〉 에피소드, 54권 〈일본술의 실력〉 에피소드, 74권 〈황홀한 와인〉 에피소드 이렇게 세 번이나 등장한다.

예를 들어서 16권 〈요리사의 열등감〉에서는 주인공 야마오카 시로가 콧대 높은 프랑스 음식점 요리사와 생굴에 어울리는 술이 무엇인지 대결을 펼친다. 요리사는 프랑스 식문화의 정석대로 생굴에 고급 샤블리를, 시로는 자신이 준비한 사케를 곁들이는데 참가자들이 하나같이 생굴과 고급 샤블리의 조합에서 비릿한 맛을 감지하고서는 사케가 더 낫다는 판정을 내린다. 요리사도 패배를 인정하며 자신이 프랑스인들의 권위에만 얽매였다고 반성한다. 눈치챘겠지만 《맛의 달인》은 《신의 물방울》과는 결이 달라서 아예 와인이라는 술 자체가 일본인이 즐기는 해산물과 어울리지 않는다고 강하게 주장한다.

아무튼 이 글을 쓰기 전까지만 해도 나 역시 대체로 오크 숙성 와인이 비린 맛을 강화한다는 정도로만 알고 있었고, 미역줄기볶음과 연관된 개인적 경험을 통해 그것이 확증되었다고 생각했다. 하지만 글을 쓰면서 다양한 자료를 조사하다가 진짜 원인은 다른 곳에 있다는 주장을 담은 논문을 발견하게 되었다.

그렇다면 도대체 일부 와인이 비린 맛을 증폭시키는 이유는 무엇일까? 일본 연구자들이 2009년에 발표한 이 논문에서는 와인이 함유한 철분을 범인으로 지목한다. 논문이 여러 번 인용되고 해외 언론에서 논문의 연구 결과를 뉴스로 다룬 것을 보니 상당히 공신력을 인정받는 것 같았다. 참고로 이 연구

원들은 140여 년의 역사를 자랑하는 일본 최고最古의 와이너리 샤토 메르시앙 소속이며, 샤토 메르시앙은 일본 주류회사 기린의 자회사이다.

번역기의 도움을 받아 논문을 읽어보았다. 실험 참가자 일곱 명이 말린 가리비를 69종의 와인과 함께 먹으며 비린 맛의 강도를 다섯 단계(0점:느낌이 없다, 4점: 매우 강하다)로 나누어 평가했다. 그 평가 결과와 와인에 함유된 다양한 성분 사이의 상관관계를 조사했는데 그중에서 철분이 강한 상관관계를 보여주었다.

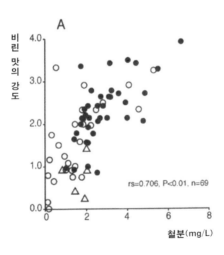

그렇다면 와인의 철분 함량을 아는 것이 음식의 선택에 상당히 유용할 것이다. 하지만 논문 저자들은 와인의 철분 함량을 예측하는 게 어렵다고 얘기한다. 철분 함량은 와인의 종류나 생산국과는 관계가 없으며 포도가 재배되는 토양, 포도 껍질에 묻은 먼지, 포도를 수확 및 수송하고 파쇄하는 과정에서 사용되는 기계 등 양조 전 과정에서 다양한 방식으로 영향을 받을 수 있기 때문이다.

그래서 그렇구나! 오크 숙성 와인이 비린 맛을 증폭시킨다고는 하지만, 생선회에다가 오크 숙성한 화이트 혹은 레드 와인을 아무렇게나 마셔도 의외로 비리지 않았던 적이 있다. 오크 숙성하지 않은 화이트 와인이라 괜찮겠지 싶어 가리비찜을 곁들여 먹었건만 살짝 비린 맛이 올라오는 일도 있었다. 와인에 함유된 철분이 비린 맛 강화의 주요 원인이라면 이러한 일이 이해된다. 철분의 유입 경로를 오크 숙성만으로 단정 지을 수는 없으니 말이다.

물론 오크 숙성 와인이 대체로 비린 맛을 증폭시킨다고 얘기되는 걸 보면, 다른 양조 과정과 비교해 오크 숙성 과정에서 철분이 유입될 여지가 더 많을 수도 있을 것이다. 하지만 그것은 어디까지나 추측일 뿐 객관적으로 검증된 사실이라고 하기는 어렵다.

그러고 보니 《맛의 달인》은 1983년, 《신의 물방울》은 2004년에 연재를 시작했다. 이 논문이 발표되기 전이라 그런지 《맛의 달인》에서는 애먼 유기산염이 비린 맛 강화의 원인이라고 하고, 《신의 물방울》에서는 오크 숙성 여부가 핵심 요인으로 언급된다. 그렇다고 해서 잘못된 정보를 유포했다며 비난할 일은 아니다. 고대의 유명한 학자 아리스토텔레스도 지구가 우주의 중심이며 모든 것은 우주의 중심으로 향하기 때문에 물체가 낙하한다고 하지 않았나. 과학이 관련 사실을 밝혀내기 전에는 역사에 길이 남는 대학자조차 아무 말 대잔치를 하게 된다. 다만 새로운 와인 만화가 연재된다면 이제는 비린 맛 에피소드를 다룰 때 철분 얘기를 해야 하지 않을까 싶다.

특별한 와인을 원한다면

오렌지 와인과 파스타

최근 엔화 환율이 역대 최저 수준으로 떨어지면서 일본이 와인 애호가들의 쏠쏠한 구매처로 급부상하고 있다. 애초에 같은 와인이라도 대체로 일본이 더 저렴했는데 환율까지 떨어지니 애호가들은 일본 출장이나 여행을 다녀오며 면세 한도를 꽉 채워 와인을 사는 일이 많다. 특히 고급 부르고뉴 와인은 가격 차이가 유독 커서 왕복 비행기 가격을 뽑고도 남을 정도다.

국경을 넘나들며 장사하는 이들에게 이러한 가격 차이는 좋은 사업 기회가 된다. '비타트라 일본'이 바로 그런 인터넷 사이트이다. 와인, 위스키, 사케, 맥주 등을 일본에서 구매해 한국 소비자에게 배송하는 구매대행 서비스인데, 세금과 배송비를 포함한 와인 가격이 국내 소매점 가격보다 저렴한 데다가 구하기 어려운 와인도 종종 보인다. 현관 앞으로 배송된다는 점도 편리하다.

하루는 비타트라 일본에 접속해 와인을 살펴보는데 어떤 와인이 눈에 들어왔다.

프리모직 피노 그리지오 '스킨'
Primosic Pinot Grigio 'Skin'

오! 내가 좋아하는 가성비 최강 품종 피노 그리지오다. 근데 이 녀석은 왜 이렇게 비싸? 4만 원이나 하네? 피노 그리지오는 저가형 화이트 와인이라 대체로 1만 원대다. 궁금해서 상품 정보를 자세히 살펴보니, 아하! 오렌지 와인이구나.

오렌지 와인은 화이트 와인 양조용 청포도로 만들지만 레드 와인을 만들 때처럼 껍질과 씨를 함께 발효시킨다. 그래서 특유의 오렌지색을 띠게 되고 타닌 함량도 높아 화이트 와인보다 한층 무겁고 풍부함 바디감을 가진다. 제조 공정도 복잡하고 생산량도 적은데 최근 인기가 상승해 같은 품종의 화이트 와인보다 가격이 높은 편이다.

로제 와인과 비슷한 것 아니냐고? 로제 와인은 오렌지 와인과 달리 레드 와인 양조용 적포도를 사용한다. 다만 껍질과의 접촉 시간을 레드 와인 양조 때보다 짧게 가져가다 보니 빨간색이 아닌 옅은 분홍색이 감돌게 된다.

원래 유행에 둔감한 편이라 오렌지 와인 경험이 많지는 않았는데 일단 피노 그리지오 품종이라 호기심이 동했다. 하지만 결제에 이르기 위해서는 통과해야 할 관문이 아직도 여럿 남아 있다. 가격은 적절할까? 전 세계 거래 평균가를 알려주는 와인서쳐 앱으로 확인하니 대략 4만 8,000원(세금 제외)이라고 나온다. 비타트라 일본에서는 세금과 배송료를 합산해 4만 원 정도니 훌륭한 가격이다. 통과!

이제 후기를 살펴봐야지. 네이버에서 'Primosic Pinot

Grigio'로 검색하는데, 이런! 체험담이 하나도 나오지 않는다. 그나마 와인 정보가 담긴 블로그를 딱 하나 발견했는데, 웃프게도 비타트라 일본 관리자의 블로그였다. 내용을 살펴보니 프리모직이 이탈리아 프리울리 지역에서 손꼽히는 생산자라고 나와 있긴 했다. 하지만 나(작가)도 다른 사람한테 내 책을 소개할 때 희대의 명저라고 하지 않는가. 음, 어쩌지? 그래. 척척박사(챗지피티)에게 물어보자.

"이탈리아의 프리모직Primosic이라는 와인 생산자는 평판이 어때? 유명한 편이야?"

"이탈리아 프리울리-베네치아 줄리아Friuli-Venezia Giulia의 콜리오Collio에서 와인을 생산하는 유명한 와인 생산자입니다."

"이 와이너리의 피노 그리지오 오렌지 와인을 구매하려는데, 어떻게 생각해?"

"매우 좋은 선택일 수 있습니다. 특히 오렌지 와인은 일반적인 화이트 와인과는 다른 독특한 경험을 제공합니다."

"배송비와 세금을 모두 포함해 4만 원 정도에 구매하려고 하는데 좋은 가격이야?"

"4만 원이면 약 $30.77에 해당합니다. 평균 가격은 $34 정도이니 비교적 좋은 가격으로 보입니다. 특히 배송비와 세금이 포함된 가격이라는 점을 고려하면 더욱 그렇습니다."

유명한 생산자가 만들었고, 내가 좋아하는 피노 그리지오고, 색다른 오렌지 와인이고, 심지어 좋은 가격에 구매할 수 있는데, (예상되는 아내의 바가지를 제외하고는) 내가 구매하지 않아야 할 이유를 찾기가 어려웠다. 뭐 어차피 아내와 마실 텐데, 이해해주겠지. 흐흐.

결제하고 6일이 지나니 와인이 도착했다. 아내가 알아채기 전에 택배 상자를 얼른 방으로 들여다 놓았다. 상자를 개봉하니 사제복처럼 검은 라벨에 주둥이 부위에 선명한 오렌지색 포일을 두른 와인이 모습을 드러낸다. 그놈 참 쌔끈하구먼. 무슨 음식이랑 곁들여야 좋으려나. 피노 그리지오 화이트 와인이라면 어울리는 음식을 열 가지 이상 술술 읊을 수 있겠다만, 오렌지 와인은 도무지 감을 잡을 수가 없다. 프리모직 홈페이지에 추천 음식이 있을까 싶어 방문했는데, 빙고! 영어로 적힌 내용을 번역하면 다음과 같다.

음식 페어링: 생선 및 해산물 수프, 토마토가 들어가면 더 좋음;

아시아 요리에서 흔히 볼 수 있는 매운 요리나 새콤달콤한 요리; 피망 소스를 곁들인 구운 문어나 클래식한 파스타 아마트리치아나와 환상적인 조화를 이룬다.

배달로 시켜 먹기 좋은 건 역시 파스타 아니겠어. 그나저나 파스타 아마트리치아나? 이게 뭐지? 아나스타샤도 아니고 아수라 백작도 아니고. 아무튼 이름이 참으로 어렵구먼. 검색해 보니 이탈리아 아마트리체 지역에서 유래한 음식이며, 관찰레(햄의 일종)가 들어가는 매콤한 맛의 토마토 스파게티라고 한다.

이 요리를 배달해주는 음식점을 찾아 주문한 후 와인을 꺼내어 잔에 따르기 시작했다. 포도로 만들어졌음에도 불구하고 굳이 오렌지 와인이라고 불리는 이유를 확인할 수 있는 색이 또르르 차오른다. 신기해서 한참을 쳐다보는데, 필터링을 하지 않는 와인에서 종종 확인되는 (음용에 아무런 문제 없는) 미세한 부유물이 보인다.

이내 초인종 소리가 나고 파스타가 도착했다. 배달 음식이라 크게 기대하지 않았는데 제법 괜찮네. 시큼하고 눅진한 토마토소스, 동물성 감칠맛을 한껏 뽐내는 치즈, 팝핑 캔디처럼 혀와 입천장을 쏘아대는 매콤한 향신료. 이것들이 덕지덕지 코팅된 요망한 서양 국수 가락이 젓가락을 타고 보무당당하게 구강 내부로 입장하자 뇌에는 다음과 같은 지식이 업데이트됐다. '매콤한 토마토 스파게티? 상당히 맛있음.'

그러고 보니 약속이나 한 듯 와인, 스파게티, 병 주둥이 포일 색이 깔맞춤이다. 맛에서도 깔맞춤이려나? 맞은편에 앉은 아내와 건배하고 조심스럽게 한 모금 마셨다.

"와! 이거 진짜 괜찮지 않냐?"

"정말 그래. 레드와 화이트의 장점만 뽑아 놓은 것 같아."

"화이트 와인처럼 상큼하면서도 레드 와인 못지않게 타닌이 묵직해서 구조감이 탄탄해. 파스타의 새콤매콤한 풍미와 오렌지 와인의 상쾌한 타닌이 정말 잘 어울려. 서로 느낌이 비슷하거든."

"색깔이 예쁘고 독특해. 특별한 와인을 원한다면 매우 만족하겠어. 그나저나 피노 그리지오는 항상 만족스럽네."

붉은 체리 향에 화사한 신맛. 은은하게 깔린 삼나무 향과

꿉꿉한 연기 향. 그 뒤에서 은근하게 받쳐주는 묵직한 타닌. 무엇보다도 비눗방울을 떠올릴 정도로 미끌미끌한 유질감이 상당히 인상적이다. 브라보! 멋진 공연을 관람했을 때나 나올 박수갈채를 와인에게 보냈다. 제대로 취향을 저격당한 여파인지 빈 병을 버리지 않고 진열장에 살포시 놓았다. 아내 몰래 한 병 더 주문했다.

'호랑이는 죽어서 가죽을 남기고 사람은 죽어서 이름을 남긴다는데, 네 녀석은 빈 병을 남기는구나.'

옆자리의 리슬링이 쌔끈한 친구가 왔다고 반겨주는 눈치다. 아무래도 당분간 오렌지 와인을 더 자주 만나게 될 듯하다.

단맛의 조합이 질리지 않는 이유

모스카토와 디저트

낙수 효과. 부자들이 돈을 더 벌수록 아랫것들도 떡고물로 그 혜택을 보게 된다는 경제이론이다. 부유층 감세 정책의 명분으로 종종 거론되는데 현실과 전혀 들어맞지 않아 이론적으로 파산했다는 평가가 지배적이다. 하지만 어디서나 예외는 있는 법. 수년 전 우리 집에서 도로 건너편으로 브랜드 아파트 롯데캐슬 단지가 들어서니 나에게도 떡고물이 낙수처럼 떨어졌다. 일조권 및 조망권 침해로 적지 않은 보상금이 입금

되었기 때문이다. 은은한 미소를 띠고 통장을 보다가 좀 더 침해당했으면 좋겠다는 생각이 든 건 안 비밀이지만.

이것도 낙수 효과로 볼 수 있는지 모르겠지만, 롯데캐슬 상가에 속속 입점한 때깔 나는 상점들을 손쉽게 이용하게 되었다. 그중에 독립서점이 있는데, 구립도서관의 동네서점 바로대출 서비스로 그 멋스러운 책방에서 뜨끈한 신간을 쏠쏠하게 빌려 보고 있다. 책 한 권 사면 와인 한 병을 줄여야 하는 서푼짜리 작가한테는 이 대출 서비스가 지속 가능한 와인 생활에 여간 도움이 되지 않는다.

그날도 서점에서 신간을 대출해 나오는 길이었다. 마침 맞은편에서 '카페구움' 상호가 눈에 들어왔다. 이곳은 까눌레, 휘낭시에, 마들렌 같은 프랑스 과자를 판매하는 곳이다. 우리 둘째가 여기서 만든 까눌레를 먹고는 그 황홀한 '겉바속촉'에 반해 종종 까눌레 노래를 부르는데 말이야. 어찌 아빠로서 그냥 지나갈 수 있겠는가. 가게 안으로 들어가 까눌레 외에 종류별로 몇 개씩 구매했다.

결제 후 출입문을 나섰는데 바로 옆에 조각 과일 파는 가게가 눈에 들어온다. 이런 곳이 있네? 프랑스 과자 가득 찬 꾸러미를 든 상태로 망막에 과일 이미지가 새겨지니, 조건반사적으로 모스카토 와인이 떠올랐다. 달달한 디저트와 모스카토 와인의 조합은 언제나 올바르다. 피로와 권태로움으로 축 늘어진 미각에 강렬한 자극을 제공하기를 원한다면, 단 음식과 단 와인의 조합은 한 여름밤 면상에 직격하는 에어컨 바람만큼이나 즉효성을 보장한다.

그래! 구강 호강을 위해 과일을 사러 들어가자. 메뉴를 살펴보고 주문한 후 잠시 대기했다. 정성스럽게 썰려 가지런히 정돈된 과일 포장을 받아 들고서는 집으로 향하는 길에 까치와 까마귀들이 영역 다툼 중인 듯 서로를 향해 시끄럽게 울어댄다. '후훗. 너네는 메추라기한테 안돼!' 뜬금없이 무슨 메추라기냐고? 좀 있다 마실 와인의 라벨에 그 생물이 그려져 있기 때문이다. 바로 라 스피네타 브리코 콸리아 모스카토 다스티*La Spinetta Bricco Quaglia Moscato d'Asti*다.

라 스피네타*La Spinetta*는 이탈리아의 와인 회사명, 브리코 콸리아*Bricco Quaglia*는 제품명, 모스카토 다스티*Moscato d'Asti*는 아스티 지역의 모스카토 포도로 만든 와인이라는 의미다.

제품명의 'Quaglia'는 이탈리아어로 메추라기를 의미한다. 와인 좀 아는 애호가들이 한결같이 강추하는 모스카토 와인이다. 가격대는 여타 모스카토 와인보다 비싸서 대략 3만 원 정도다.

집에 도착하니 둘째가 까눌레를 보고서는 환하게 웃으며 포장을 뜯으려고 달려든다. 진정시키며 밥 먹고 후식으로 먹자고 설득했다. 기왕 와인을 열기로 결심했으니 달달한 모스카토에 어울릴 만한 요리를 고민하다가 마라샹궈를 배달 앱으로 주문했다. 단맛 나는 와인은 매콤한 음식과 궁합이 제법 좋기 때문이다. 재미 삼아 챗지피티에게 모스카토 와인에 어울리는 음식을 물어보니 매운 아시아 요리*Spicy Asian Cuisine*도 놓치지 않고 알려준다. 와인 마셔본 적도 없으면서 아는 척하나만큼은 참으로 오진다.

음식이 준비되었지만 일단 메추라기 와인부터 한 모금 마셨다. 알코올 농도 5%의 부담 없는 도수, 경쾌하게 올라오는 탄산, 신선한 파인애플 향을 품은 상큼하고 밸런스 좋은 산미. 역시 훌륭한 모스카토 와인이야. 몸값을 납득하게 되는 풍미다.

마라샹궈, 조각 과일, 프랑스 과자를 벌여놓고서 하나하나 모스카토 와인과 곁들여 먹으며 아내와 궁합을 품평했다. 일단 마라샹궈와의 궁합은 썩 괜찮았다. 마라의 총공세에 지쳐 떨어진 혀에게 다가와 '매워서 고생했지?'라고 어깨를 도닥여주는 위로의 단맛이라고나 할까. 한참 맛의 여운을 음미하는데 갑작스레 떡볶이와 쿨피스 '국룰' 조합이 떠오른다. 아하. 모스카토 다스티는 이를테면 성인용 초호화 쿨피스가 아닐까? 엄격하게 평가하자면 마라샹궈와 최고의 궁합이라고 생각하는 리슬링 와인에는 살짝 밀리는 느낌이다. 만약 우리 부부가 리슬링과의 궁합을 경험하지 못했다면 더 높게 평가했을지도 모르겠다.

모스카토와 과일의 궁합은 마라샹궈보다 더욱 훌륭했다. '너 상큼? 나 상큼! 오, 브로!' 이산가족이 오랜만에 만나 서로 부둥켜안으며 열렬하게 상봉하는 수준의 케미다. 아내도 대단히 잘 어울린다는 데에는 동의했지만, 나와는 살짝 결이 다른 부분이 있었다. 너무 비슷한 과실 캐릭터끼리 조우하니 뭔가 동족상잔의 이미지가 떠오른단다. 아내의 사차원적 상상력에 경탄(경악)을 금치 못하는 바이다. 어떻게 여기서 동족상잔이 나와!

잠시 아이들 상황을 보니 단 음식을 선호하지 않는 첫째는 간만에 마라샹궈를 먹으니 맛있다며 쉬지 않고 젓가락질 중이고, 둘째는 까눌레를 야무지게 손에 들고서는 딱딱한 표면을 마치 다람쥐처럼 조금씩 아껴서 뜯어먹고 있다. 그 모습을 흐뭇하게 보다가 앙증스러운 프랑스 과자 하나를 집어 들어 씹고서는 모스카토를 한 모금 삼켰다. 캬! 과일과의 궁합 뺨치는구나! 우열을 가리기 힘들다. 연신 고개를 끄덕이며 감탄사를 내뱉는데, 옆에서 한참 까눌레 삼매경이던 둘째가 불쑥 난입한다.

"아빠! 와인이 까눌레의 느끼한 맛을 잘 잡아줘서 어울리는 거지?"
"헐! 네가 그걸 어떻게 알아?"
"아빠가 예전에도 느끼한 음식에 와인 마시면서 그렇게 얘기했으니까."
"그…렇구나."

딸 말대로다. 모스카토의 산미가 받쳐주기만 하면 까눌레, 휘낭시에, 마들렌을 연속으로 열 개도 먹을 수 있을 것 같은 느낌이랄까. 단맛과 단맛의 만남이 질리지 않는 이유는 과실 향 가득 우아한 산미가 거실에 놓은 대용량 공기청정기처럼 끊임없이 구강 내부의 상큼함을 유지해주기 때문이다. 그나저나 우리 둘째는 혹시 미각 영재? 아빠가 몰라봐서 미안하다. 소중한 딸의 능력 개발을 위해 앞으로 아빠가 책 열심히 팔아서 까눌레보다 더한 것도 많이 사 줄게.

갓 와인에 관심을 가진 시절에는 단 와인이 내 취향과 맞지 않다고 생각했다. 고기나 생선 같은 안주와 같이 마시기에도 적절하지 않고, 너무 달다 보니 금세 물렸기 때문이었다. 솔직히 밥 먹으면서 사탕 먹는 사람 없지 않은가. 맛과 맛이 겉돌고 어울리지 않으니.

나중에야 단 와인 마시는 방법을 몰랐다는 걸 깨달았다. 달달한 디저트에 곁들여 홀짝홀짝 마셔야 하는 건데 말이야. 그 마술과도 같은 시너지 효과는 뭐랄까, 단맛을 주제로 한 테마파크에 온 것과도 같다. 곳곳에 놓인 놀이기구를 번갈아 타듯이, 겉바속촉 까눌레 한 입, 모스카토 한 잔, 열대 해변을 연상시키는 파인애플 한 조각, 모스카토 한 잔, 소금과 캐러멜의 단짠단짠 휘낭시에 한 입, 모스카토 한 잔. 아이고 침이 고여서 더는 글을 못 쓰겠다.

코르크로 막힌 병 안의 시간

보르도 와인 시음회

집에는 먼지가 수북이 쌓인 샤토 랭쉬 바쥬*Château Lynch Bages* 2000과 2014가 있다. 둘 다 2020년에 마셨던 와인인데 인상에 남아 병을 집에 보관해놓았다.

샤토 랭쉬 바쥬는 프랑스 보르도 포이약*Pauillac* 마을에서 생산된다. 보르도에서 1등급을 받은 최고의 다섯 와인, 소위 5대 샤토 중에서 무려 세 와인이 이 마을에서 생산된다. 샤

156

토 라피트 로칠드Château Lafite Rothschild, 샤토 라투르Château Latour, 샤토 무통 로칠드Château Mouton Rothschild의 고향이니, 근본 그 자체 아닌가. 그렇다면 포이약에서 샤토 랭쉬 바쥬의 위상은 어느 정도일까? 포도 작황이 좋은 해의 랭쉬 바쥬는 1등급 와인에 버금간다는 평가를 받는다. 내가 마셨던 2000 빈티지가 딱 그러했다. 작황이 좋은 해에 생산되어 20년을 숙성된 녀석의 느낌을, 당시 다음과 같이 적어놓았다.

'바로 극락행. 하도 감탄사를 뿜어내어 아내한테 핀잔먹었다.'

하지만 같은 해에 영접한 2014 빈티지는 마시기에 너무 어려서 아쉬움이 있었다. 6년이나 된 와인이 어리다니, 도대체 무슨 말일까? 열 살 어린이와 서른 살 성인을 비교하면 외양과 목소리에서 큰 차이가 난다. 와인도 마찬가지다. 코르크로 막힌 병 안에서 세월의 흐름에 따라 맛과 향에 변화가 일어난다. 고급 보르도 와인일수록 그 변화의 폭은 극적으로 커서 샤토 랭쉬 바쥬 정도 되는 와인은 최소 10년은 기다려야 그 진가를 드러내기 시작한다.

다만 오래 기다린다고 해서 마냥 좋아지는 건 아니다. 와인도 수명이 있어서 너무 오랜 시간이 지나면 노화 현상이 일어나 사망에 이른다. 아무리 좋은 와인이더라도 40년, 50년을 버티기는 쉽지 않다. 대체로 고급 와인일수록 수명이 길고, 저렴한 와인일수록 수명이 짧다. 1만 원대의 저렴한 와인을 장롱에 넣어놓고 10년 있다 마시면 십중팔구 사망해서 볼품없는 미라가 되어 있을 뿐이다.

그건 그렇다 치고, 왜 뜬금없이 샤토 랭쉬 바쥬 이야기냐고? 2023년 3월 6일 오후 3시에 무려 샤토 랭쉬 바쥬의 소유주인 장샤를 카즈Jean-Charles Cazes와 와인을 시음하는 시간을 가졌기 때문이다. 어떻게 네 주제에 그런 천룡인과 함께 와인을 마시냐고? 그러게나 말이다. 와인 지식도 한미한 데다가 서푼짜리 글 팔아 근근이 연명하는 작가 나부랭이지만, 와인 에세이집도 내고 언론사에 꾸준히 글도 쓰다 보니 이렇게 크리스마스 선물과 같은 일이 종종 일어난다. 이 의외성이야말로 작가 직업의 매력이다.

시음회는 에노테카 코리아에서 개최했는데 장샤를 카즈 가문이 생산하는 다양한 와인을 시음하고 의견을 나누는 자리였다. 와인은 마치 코스 요리처럼 순차적으로 제공되었다. 시음 때마다 생각할 거리를 제시하는 게 인상적이었다.

첫 시음에서는 샤토 오 바타이 베르소*Château Haut Batailley Verso* 2017과 2020이 동시에 등판했다. 장샤를 카즈는 시음회 참가자들에게 3년의 숙성 차이를 염두에 두고 비교 시음해보라고 조언했다. 둘 다 블렌딩 비율이 같아서 카베르네 소비뇽 60%, 메를로*Merlot* 40%를 섞어 만들었으며 12개월 동안 오크 통에서 숙성한 후 병에 넣었다. 와인서쳐 앱으로 해외 평균 가격을 확인하니 약 4만 원(세금 제외)이다.

일단 향에서부터 확연한 차이를 보였다. 2017은 봄바람에 꽃가루가 휘날리듯 잔 속이 향기로 가득 차서 코를 가까이 대기만 해도 대번에 향이 느껴졌다. 하지만 2020은 마치 봉오리가 닫힌 꽃과 같아서 코를 잔 속으로 깊숙이 밀어 넣어야 그나마 향을 맡을 수 있었다. 평론가 점수를 찾아보니 2017보다 2020의 점수가 대체로 더 높다. 잠재력으로 본다면 2020이 더욱 뛰어난 와인이라는 의미다. 결국 괜찮은 보르도 와인을 충분히 숙성하지 않은 채 마시면 향에서부터 손해를 본다.

입에서도 같은 결론이 나왔다. 2020은 확실히 과실 집중도가 좋고 잠재력이 느껴지긴 하지만 타닌이 강해 다소 떫다. 맛이 부드러워지기 위해서는 숙성 시간이 필요한 것이다. 반면에 2017은 너무나도 매끄럽고 편해서 술술 넘어간다. 잠재력을 고려한다면 잘 숙성된 2020이 더 뛰어난 모습을 보여주겠지만, 지금 당장 무엇을 더 선호하느냐고 묻는다면 망설임 없이 2017을 선택할 것이다. 해외 평균 가격 4만 원대의 보르도 와인도 빈티지(포도 수확 연도)로부터 7년 정도는 지나야 제 모습을 보여준다는 얘기다.

베토벤이 38세가 되어서야 교향곡 5번 〈운명〉을 세상에 내보였는데, 만약 서른 살에 사망했다면 후세대 사람들은 이 명작을 감상할 수 없었을 것이다. 숙성 잠재력이 높은 보르도 와인을 일찍 열어 마시는 건 베토벤이 운명 교향곡을 쓰기 전에 생을 마감하는 것과 같다. 뛰어난 보르도 와인의 절정기를 경험하기 위해서는 인내심이 필요하다.

두 번째 시음은 샤토 오 바타이*Château Haut Batailley* 2017과 2018이었다. 장샤를 카즈는 참가자들에게 떼루아의 차이를 염두에 두고 시음하라고 조언했다. 떼루아는 천지인天地人, 그러니까 기후天, 땅地, 사람人처럼 와인을 만드는 데 영향을 끼치는 제반 요소를 일컫는 말이다. 샤토 오 바타이 2017과 2018에서는 숙성의 차이보다는 떼루아의 차이가 훨씬 선명하게 드러날 것이라는 힌트를 준 것이다. 땅도 같고, 만든 사람도 같으니, 아무래도 기후의 차이가 결정적 요소로 작용했을 것이다. 와인서쳐 앱으로 샤토 오 바타이의 해외 평균 가격을 확인하니 약 9만 1,000원(세금 제외)이다.

빈티지별로 블렌딩 비율이 달라서 2017은 카베르네 소비뇽 66%에 메를로 34%이며, 2018은 카베르네 소비뇽 59%에 메를로 41%이다. 오크통에서 16개월 동안 숙성한 후 병에 넣었다. 평론가들은 대체로 2018 빈티지를 더 높게 평가했는데, 두 와인의 향과 맛을 비교해 보니 그 이유를 알 수 있었다.

2017에 비해 2018의 향이 더 강하고 화사하며 묵직하다. 2017년보다 2018년 날씨가 더 좋았구나. 그래도 1년 선배라고 2017이 마시기에 좀 더 부드럽고 편한 느낌이었지만 둘 중 하나를 선택하라면 주저 없이 2018을 잡을 정도로 기량 차이가 컸다. 몇 년 더 지나 충분히 숙성되면 얼마나 맛있어지려나. 품질의 차이는 가격에도 반영되어 2017의 해외 평균가가 9만

3,000원(세금 제외)인 반면 2018의 해외 평균가는 10만 8,000원 (세금 제외)이다.

드디어 대미를 장식하는 샤토 랭쉬 바쥬 2014 등장이다. 4년 전에 만났을 때는 서로 서먹서먹했는데 오늘은 어떨까. 와인 서쳐 앱에 나오는 해외 평균가는 무려 19만 6천 원(세금 제외)! 그야말로 헤비급이다. 잔을 코에 가져가니 향기의 집중도와 퀄리티에서 앞선 와인들과 격이 다르다. 코에서 한껏 기대감 이 높아졌음에도 불구하고 네 기대치가 왜 이렇게 낮냐며 비 웃는 듯 입에서 잭팟이 터진다. 와우!

마시자마자 감지되는 가장 큰 차이점은 입에서의 질감이 다. 최고급 순면 이불에 얼굴을 파묻을 때나 느낄 법한 보드라 움이 구강 내부를 스친다. 앞서 마신 멀쩡한 와인들이 상대를 잘못 만나 졸지에 깔깔한 모시옷으로 전락한다. 그 매끄러움 과 보드라움에 이어 숨 쉴 틈 없이 몰아치는 농익은 과실 향과 은은하면서도 견고한 타닌 또한 일품이다.

이게 2020년에 마셨던 녀석과 같은 와인이라니! 믿을 수가 없다. 4년 만에 어마어마하게 진화했구나. 그때 서먹서먹했었던 건 전적으로 인내심이 없었던 내 탓이다. 일찍 마시면 안 되는 걸 머리로는 알고 있지만, 견물생심이라고 근사한 보르도 와인이 눈앞에 얼쩡대니 손이 조건반사적으로 움직인다. 이제 어린 보르도 와인은 셀러 저 구석에 처박아 놓고 몇 년간 거들떠보지도 않으련다. 참는 자에게 복이 있나니 천국이 너희 것임이라.

1만 원대 와인의 완투승

스파클링 와인과 스시

    간혹 책을 추천해달라는 요청을 받는데, 그럴 때면 능글능글한 웃음을 머금고선 인터넷서점 검색창에 '임승수'를 치라고 얘기해준다. 사람들은 유머와 재치가 넘치는 답변이라며 박장대소하지만, 솔직히 나로서는 절실한 영업사원의 마음으로 추천하는 것이다. 먹고살려면 안면에 철판 깔고 일단 내 책부터 팔아야 하지 않겠는가.

마트의 와인 매장에 파견된 수입사 직원도 마찬가지 상황일 것이다. 고객이 와인을 추천해달라고 하면 자사 수입 와인 위주로 소개해야 할 테니 말이다. 얼마 전 자주 들르는 마트 와인 매장에서 K 수입사 직원과 대화를 나눌 때도 응당 그러리라 예측했다.

"가성비 좋은 저렴한 와인 좀 추천해주세요."

"이거 한번 드셔보세요. 마침 할인 중이라 9,900원이에요."

"(라벨을 살피다가) 다른 수입사 와인인데요? 기왕이면 K사 와인 사드려야죠."

"아니에요. 괜찮아요. 이거 마셔봤는데 아주 좋았거든요."

아이폰 매장에 갔는데 갤럭시폰을 추천받은 기분이랄까? 얼마나 만족스러웠으면 경쟁사 와인인데도 추천할까 싶었다. 물론 그날 K 수입사 와인도 두 병 구매하기는 했지만. 만약 나라면 세 번째 요청에도 천연덕스럽게 내 책을 추천했을 텐데. 아무튼 가격이 상당히 저렴해서 별다른 망설임 없이 집어 들었다. 바로 이 녀석이다.

울프 블라스 이글호크 퀴베 브뤼

Wolf Blass Eaglehawk cuvée brut

울프 블라스Wolf Blass는 와인 애호가들에게 제법 인지도 있는 호주 와인 회사다. 이글호크Eaglehawk는 제품명, 퀴베 브뤼cuvée brut는 달지 않은 스파클링 와인이라는 정도의 의미다. 비싼 와인은 찾아보기 힘든 내 셀러 안에서도 그야말로 독보적 최저 몸값인지라 프로야구단의 만년 후보선수처럼 제일 밑에 처박아두었다.

며칠이 지났다. 뜬금없이 포케를 먹고 싶다는 아내의 요청이 있어 배달 앱으로 주문했다. 갑작스레 특정한 음식이 떠오르는 날에는 십중팔구 술도 마시게 된다. 이런 돌발 상황에서 애지중지하는 선발투수를 올릴 수는 없으니 부담 없는 패전 처리 투수를 마운드로 호출했다. 셀러 저 밑 구석에 웅크리고 있던 이글호크 말이다. 최저연봉 선수이니 실패하더라도 본전 생각이 덜하지 않겠는가.

배달 그릇에 담긴 채소와 곡물을 아무렇게나 퍼서 입에 쑤셔 넣은 후 와그작와그작 씹어대다가 별다른 기대 없이 패전

처리 투수의 공을 구강으로 받아냈다. 순간 사백안이 될 정도로 눈이 번쩍 뜨였다. 어럽쇼? 이거 뭐지? 시속 98마일의 꿈틀대는 강속구는 아니지만, 대략 89마일의 패스트볼이 타자 무릎 높이로 날아와 아웃코스 꽉 차게 꽂힌다. 이건 최저 연봉자의 기량이 아닌데?

자세를 가다듬고 정신을 바짝 차린 후 재차 날아오는 투구를 구강으로 받았다. 느낌이 왔다. 이건 진짜배기다. 약팀이라면 5인 선발 로테이션의 한 자리를 맡길 수 있을 정도다. 그런데도 할인가 9,900원이라니! 함께 마시던 아내도 칭찬에 동참한다. 라벨에 그려진 수리 매(이글호크)의 때깔이 달라 보일 정도다.

패전처리로 나와서 이 정도 기량을 보여줬다면 중요한 시합에 선발투수로 내세워서 제대로 검증해볼 필요가 있지 않겠는가. 이글호크 재구매를 위해 다시 마트를 방문했는데 아쉽게도 할인 기간이 끝나 가격이 1만 4,800원이 되었다. 하지만 망설이지 않고 구매했다. 전성기의 류현진 수준으로 제구된 89마일 직구의 짜릿함을 떠올리면 1만 4,800원 역시 가성비 연봉으로 느껴지기 때문이다.

이번 시합은 곁들일 음식으로 스시를 선택했다. 내가 스파클링 와인을 마실 때 선호하는 음식이기도 하고, 무엇보다도 아내와 아이들이 무척 좋아한다. 특정 음식이 4인 가족 구성원 모두를 빠짐없이 만족시킨다는 건 쉬운 일이 아닌데, 스시는 그 어려운 과제를 수행해내는 훌륭한 음식이다. 다소 비싸서 자주 못 먹는 게 아쉬울 뿐.

　　만날 시키던 데 말고 좀 새로운 데서 시켜보라는 아내의 타박에 배달 앱 평점, 네이버 평점 등을 두루두루 살펴보다가 한 곳을 골랐다. 배달 스시집 맛이 거기서 거기 아니냐고 할 수도 있겠지만, 식도락가의 혓바닥은 배율이 높은 현미경과도 같아서 한 끗 차이가 상당히 크게 느껴지기도 한다. 저 먼 우주에서 보면 이 거대한 지구조차 파란색 점 하나에 불과하다지만, 그래도 미각에 있어서는 여전히 망원경보다는 현미경 쪽을 선호하게 된다.

　　드디어 초인종이 울리고 초고배율 전자현미경과도 같은 나의 혓바닥을 가동할 순간이 왔다. 뚜껑을 열고 맨 처음 집어든 건 뿔소라를 올린 녀석이었는데 일단 소라가 큼직하니 인심이 좋아서 합격이다. 와인을 마실 거라 굳이 간장에 적시지는 않았다. 냉큼 입안으로 투하해서 치아로 절단해가며 초고배율 관찰에 들어갔다. 뿔소라 특유의 탱글탱글하다 못해 당돌한 식감이 저작 운동마다 느껴지는 가운데, 동아시아 태생 쌀이 그 특유의 진득한 끈기로 뿔소라 잔해 사이의 공간을 메워준다. 그래! 역시 이 맛에 스시를 먹지.

이제 선발 등판한 이글호크 투수의 기량 점검에 들어갈 차례다. 과연 놀라운 가성비가 재현될 것인가? 아니면 그날은 그저 운 좋게 야구공 실밥이 굵히는 날이었을 뿐인가? 기대 반 우려 반 심정으로 쩍 벌어진 포수 미트에 와인을 투척했다. 변함없이 89마일의 패스트볼이 타자 무릎 높이로 날아와 아웃코스 꽉 차게 꽂힌다. 이 녀석 확실히 물건이구나!

대단한 풍미를 지닌 건 아니지만 1만 원대 와인에게서는 기대하기 어려운 놀라운 밸런스가 인상적이다. 감귤, 복숭아, 배 등이 연상되는 은은한 과실 향에, 쓰지 않고 신맛도 튀지 않고 모든 요소가 야구공처럼 둥근 형상을 이룬다. 눈을 감고 야구 경기가 벌어진다고 상상하니, 날카로운 제구력으로 스트라이크존 구석구석을 찌르는 삼십 대 초반의 털털하고 경험 많은 투수가 떠오른다. 오늘은 9이닝 1실점 완투승이구나!

그나저나 내가 스시와 스파클링 와인의 조합을 좋아하는 이유는 다음과 같다. 일단 뽀글뽀글 탄산이 와인의 신선함과 청량함을 한층 배가시킨다. 그 신선함과 청량함 덕분에 스시를 계속 먹어도 물리지 않으며, 언제든지 다음 스시 투입이 가능하도록 구강 내부 환경이 유지된다. 물론 탄산 때문만은 아니다. 같은 방울을 품고 있더라도 사이다였다면 달기만 해서 뒤끝이 찝찝할 테고, 탄산수였다면 아무런 맛도 느껴지지 않아 허전할 것이다. 와인은 달지 않으면서도 과실 향이 풍부하고, 마실수록 흥겨워지는 생화학적 효과까지 유발하니 그야말로 기적의 액체라 하지 않을 수 없다.

선발투수의 제구력에 감탄하면서 투구를 연신 구강으로 받아내다가 문득 《신의 물방울》이 떠올랐다. 만화에 등장하는 세계적인 와인 평론가 칸자키 유타카는 엄청난 규모의 유산(와인)을 남기고 사망한다. 그는 유언장에 최고의 와인 12종(일명 십이사도) 목록을 남겼는데, 두 명의 자식 중 십이사도를 더 잘 맞추는 쪽에 유산을 넘겨주겠다고 선언했다. 사연 많은 배다른 형제가 십이사도의 정체를 놓고 벌이는 대결이 흥미진진하게 펼쳐진다.

만약 내가 먼 훗날 재산 상속과 관련된 유언장을 작성하면서 가성비 기준으로 십이사도를 정한다면, 아마도 한 자리는 올프 블라스 이글호크 퀴베 브뤼가 차지하지 않을까. 다만 지금 내 상황과 형편을 고려하면 과연 추후 두 딸에게 물려줄 유산이랄 게 있을지 의문스럽다. 그러니 십이사도 운운하며 주접떨지 말고 아이들이 성인이 되어 온 가족이 이글호크 한 병을 나눠 마실 순간이나 기다리련다. 아차! 그때는 한 병이 아니라 두 병이 필요하겠네.

찌꺼기와 대용품의 더할 나위 없는 조화

발폴리첼라 리파소와 만두

본업은 사회과학책을 쓰는 작가이지만 곁다리로 와인 책을 내다 보니 도서관이나 사회단체 등에 초청받아 종종 와인 강의를 한다. 업계 종사자들에 비하면 가진 지식이 터무니없이 부족하다지만, 좌충우돌 경험담에다가 애호가의 진심 두 스푼, 생계형 작가의 절실함을 세 스푼 반 정도 섞으니 다행히 재밌게 들어주신다. 그런데 질의응답 시간에 종종 받는 질문이 있다.

"작가님, 지금까지 마셔 본 와인 중에 제일 비싼 건 얼마짜리인가요?"

행색이 허름하고 초라한 데다가 강의 내내 추천하는 와인이라고는 1만 원에서 3만 원 사이라 얕보인 것일까. 질문하는 이의 얼굴에는 '그래서 넌 학력고사 몇 점 맞았는데?'와도 같은 도발적 의도가 엿보인다. 그렇다고 먹어본 적도 없는 로마네콩티, 르루아 뮈지니를 언급하며 거짓말할 수도 없는 노릇이니 솔직담백하게 털어놓는다.

"한 병에 수백만 원 정도?"

묘한 웃음을 머금고 질문하던 이는 예상 밖의 답변에 당황한 기색이 역력하다. 아마도 이 글을 읽는 독자 역시 당황했을 것이다. '이 사람 은근히 금수저인가?' 사실 얼마 전에도 한 병에 백만 원을 훌쩍 넘는 고급 와인을 경험했다. 후훗.

때는 4월 2일 오후. JW메리어트 호텔 서울 3층에서 신동와인 더헤리티지 2024 시음회가 열렸는데, 초대받은 와인 업계 관계자와 애호가 수백 명으로 현장이 바글바글했다. 이날 행

173

사에 모습을 드러낸 가장 비싼 와인은 헝가리의 명품 스위트 와인 로얄 토카이 에센시아*Royal Tokaji Essencia* 2009 빈티지 였다. 일반 와인의 절반 용량인 375mL 한 병이 약 150만 원에 이르는 귀하신 몸이다. 특별한 와인이라 오후 3시 정각에 선착순으로 줄을 서서 제공받았는데, 다른 와인을 마시다가 뒤늦게 허겁지겁 줄을 서다 보니 과연 영접할 수 있을지 간당간당했다.

소주잔 크기의 일회용 잔에 바닥만 채울 정도로 소량을 따라주니 내 순서까지 오지 않을까 기대했으나, 앞줄 세 팀 정도 남아 있는 상황에서 아쉽게도 준비된 한 병이 소진되었다. 주최 측 관계자에게 다가가 병 안에 남은 한 방울이라도 어떻게 안 되겠냐고 사정했는데, 관계자가 병을 거꾸로 들어서 완전히 소진되었음을 확인해주었다. 어휴.

여타 중저가 와인으로 아쉬움과 허탈함을 달랜 지 30분쯤 지났으려나. 로얄 토카이 에센시아의 점성이 매우 크다는 사실이 불현듯 떠올랐다. 지금쯤이면 그 끈끈하고 진득한 액체가 바닥에 조금은 고여 있지 않을까 예상하며 빈 병이 놓여 있는 곳으로 갔다. 자세히 살펴보니 역시나 당첨이다!

즉시 왼손으로 병 몸통을, 오른손으로 주둥이를 부여잡았다. 주위의 시선 따위는 아랑곳하지 않고 병을 뒤집어 주둥이를 입 위로 가져갔다. 병나발 그 자체. 점성이 있는 액체라 흘러나오는 데 몇 초의 시간이 소요되었지만, 혓바닥 위에 떨어지는 방울만으로도 절륜한 기량을 가늠할 수 있었다. 향기롭고 눅진한 계피 향, 단맛과 산미의 완벽한 균형감, 한지에 먹이 스며들듯 혀 위에서 운치 있게 번져나가는 방울 방울의 묵직한 존재감. 마음속으로 감탄사를 연발하며 일고여덟 방울가까이 맛보았을까. 조금만 더 지속하면 열 방울을 채울 수 있었겠지만 너무나 남루한 행동 같다는 자각에다가 옆에서 기다리는 아내의 민망함도 신경 쓰여 병을 도로 테이블 위에 올려놓았다.

어느덧 사흘이 지난 4월 5일 오후. 장소는 JW메리어트 호텔과는 그야말로 대척점에 있는 나의 주 서식지. 눈앞에는 로얄 토카이 에센시아 2009 몸값의 약 2%에 불과한 이탈리아 와인이 덩그러니 놓여 있다.

제나토 리파사 발폴리첼라 리파소 수페리오레 2018
Zenato Ripassa Valpolicella Ripasso Superiore 2018

와인 직구 사이트 위클리와인에서 할인 가격으로 구매했다. 제나토*Zenato*는 와인 회사명, 리파사*Ripassa*는 제품명, 발폴리첼라*Valpolicella*는 이탈리아의 와인 생산지, 리파소*Ripasso*는 고급 와인인 아마로네*Amarone*를 만들고 남은 찌꺼기를 재활용해 만든 와인을 의미한다. 수페리오레*Superiore*는 찌꺼기 중에서 그나마 품질이 좋다는 뜻. 그나저나 찌꺼기라니. 며칠 전 100만 원을 훌쩍 넘는 와인을 체험한 후 이래저래 아쉬움과 체념의 정서에 빠진 나로서는 뭔가 정서적 동질감이 느껴지지 않을 수 없었다.

바로 옆에는 주문한 찐만두가 가지런히 놓여 있다. 만두와 발폴리첼라 리파소의 조합은 맛뿐만 아니라 의미적으로도 잘 어울린다. 제갈량이 남만을 정벌하고 돌아오는 길에 풍랑이 심해서 강을 건널 수 없자 물의 신을 달래기 위해 인신공양 제사를 드리는데, 사람 대신 만두를 사용했다고 한다. 찌꺼기(발폴리첼라 리파소)와 대용품(만두)의 조합은 시작부터 B급 독립영화 같은 분위기를 자아낸다.

딸내미 주먹만 한 만두 하나를 집어 들어 반쯤 베어 물어 씹는다. 두툼하고 존득한 만두피를 찢고 들어가니 향긋한 부추와 두부, 돼지고기 등의 단백질이 어우러진 만두소가 이 순간만을 기다렸다는 듯 반겨준다. 본격적으로 저작 운동을 시작하면 덩그런 만두소가 해체되고 파쇄되는데, 그 과정에서 뿜어내는 다채로운 질감과 풍미의 향연은 만두를 만두이게 만드는 정체성의 요체다. 이 집 만두는 특히나 부추를 효과적으로 사용해서 느끼하지 않고 담백한 게 참으로 만족스럽다.

이 요란 법석한 만두소 파티는 구강 내에 광란의 흔적을 남기기 마련이다. 이때 혼란스러운 상황을 정리하러 와인이 등장한다. 우선 잔에 따라서 지긋이 향기를 맡았다. 고급 레드 와인에서 종종 감지되는 가죽 향이랄까 아무튼 그런 종류의 동물적 뉘앙스가 은은하게 깔려 있다. 한입 머금으니 이탈리아 와인 특유의 신맛이 잘 살아 있는 데다가 보랏빛 잉크를 떠올리게 만드는 균일하고 예쁜 맛이 난다. 풍미가 다채롭다거나 복합적이지는 않지만 단 하나의 색깔이더라도 곱디고와서 매우 인상적이다.

부추가 아무리 제 역할을 하더라도 두부나 고기에서 유발되는 잡내를 완벽히 잡아내기는 어려운데, 이 와인의 과실 향 가득 찬 풍성한 신맛은 마치 전문 청소팀과도 같아서 잡내뿐만 아니라 카오스 상태인 구강 내부를 말끔하고 상쾌하게 정돈한다. 찌꺼기와 대용품의 더할 나위 없이 훌륭한 조화는 B급 독립영화관에서 간만에 명작을 찾아낸 것과도 같은 만족감을 선사한다.

사흘 간격으로 몸값이 50배 차이 나는 와인을 차례로 경험하다가 문득 그런 생각이 들었다. 그래. 비싼 와인이 맛있는 건 사실이지. 그동안 시음회에서 극소량을 영접한 값비싼 녀석들은 하나같이 끝내줬으니까. 하지만 나와 아내가 주방 식탁에서 두 시간에 걸쳐 도란도란 마시고 있는 이 한 병의 와인은 (시음회의 그 귀하신 와인보다) 우리와 훨씬 진중하고 친밀한 관계를 맺고 있지 않은가. 인간관계 또한 그러해서, 권력자나 명망가와의 스쳐 지나가는 만남보다는 가족, 동창생, 평범한 이웃과의 은근한 오랜 인연이 더욱 소중하기 마련이다.

길에서 연예인급 미모의 여성을 봤다고 갑자기 아내보다 더 사랑할 리는 없다. 남의 집 아이가 전교 1등 한다고 내 아이보다 예쁠 리 없다. 멋진 콘서트홀에서 세계적인 피아니스트가 연주한다고 한들, 동네학원에서 고사리손으로 연습하는 딸아이의 서툰 피아노 연주만 하겠는가. 마찬가지다. 이 순간 우리 부부와 소중한 인연을 맺는 3만 원대 와인이 그림의 떡과 같은 값비싼 와인보다 심장에 남는 것은 당연지사다.

"작가님, 지금까지 마셔 본 와인 중에 제일 비싼 건 얼마짜리인가요?"

"음. 제가 모 시음회에서 말이죠. 100만 원이 훌쩍 넘는⋯"

이렇게 시작된 답변이 어떤 방향으로 나아가야 할지 깨닫게 된 소중한 순간이 아닐 수 없다.

3부

좋아하는 사람과
맛있는 것을 먹는 행복

망하면 다 챗지피티 탓이다

게뷔르츠트라미너와 푸팟퐁 커리

2009년에 아내와 결혼했으니 함께 산 지도 햇수로 15년을 넘어섰다. 부부로 산다는 건 사랑하는 사람 사이의 결합이기도 하지만 화성에서 온 남자와 금성에서 온 여자가 서로의 취향을 내내 부대끼는 일이기도 하다. 그림이라고는 전혀 관심이 없어서 미술관 주변을 얼씬거린 적도 없는 내가 2009년 후 수많은 미술관을 완벽한 타의로 방문하게 되었다. 서당 개 3년이면 풍월을 읊는다던데 여전히 미술에 까막눈인 나는 견공

만도 못한가 싶지만 그래도 아주 가끔은 인상적인 그림이나 조각을 만나기도 한다.

식생활 또한 그러해서 생선회를 좋아하는 아내의 영향으로 뒤늦게 회 맛을 알게 되었고, 동남아 음식을 즐기며 무려 고수를 생으로 씹어 드시는 분과 함께 살다 보니 어느덧 난이도 높은 고수 향에도 적응했다. 이건 뭐 화성에서 온 사람이 점점 금성인으로 변하고 있는 건가? 그래도 인생의 반려자와 함께하는 시간만큼 소중한 것이 어디에 있겠는가. 아내가 좋아한다면 똥내 가득한 두리안이라도 함께 나눌 마음의 준비가 되어 있다.

이십 대 때 태국 길거리에서 맛본 음식이 그렇게 맛있었다면서, 아내가 언제부터인가 태국음식점에 가고 싶다는 의사를 은근히 내비치기 시작했다. 금성인의 눈칫밥을 먹은 지 어언 15년이 넘었다. 알아서 모시기 위해 즉시 태국 음식에 어울리는 와인 수소문에 들어갔다. 챗지피티에게 태국 음식에 잘 어울리는 와인을 추천해달라고 입력하니 몇몇 와인을 제안하는데 그중 내 이목을 끈 녀석이 있었다. 바로 게뷔르츠트라미너*Gewürztraminer*다.

예전부터 이 와인 이름을 외우는 게 참 어려웠다. 씨름선수 이만기 씨가 한창때 광고모델을 하던 비타민제와 헷갈리기 때문이다. '게부…랄티?' 항상 이렇게 삼천포로 빠졌다. 화이트 와인인 게뷔르츠트라미너는 프랑스 알자스*Alsace*가 대표적인 산지다. 처음 만난 건 2020년 6월 12일이었다. 당시 마셨던 게뷔르츠트라미너는 제법 당도가 있었고 무엇보다도 향을 맡으면 풍선껌이 떠오르는데, 그 느낌이 총천연색 LED처럼 참으로 요란 법석했다. 당시 두 딸이 돌아가며 향기를 맡고서는 젤리 과자 같다고 했을 정도다. 아쉽게도 이러한 특징이 내 취향과는 맞지 않아 그 후로 게뷔르츠트라미너를 마셨던 기억이 없다.

그런데 때마침 챗지피티가 나한테 게뷔르츠트라미너를 덜컥 내민 것이다. 몇 년 전의 기억을 더듬어 와인의 느낌을 되새겨보았다. 태국 음식이 대체로 향신료를 많이 사용하니 와인의 요란 법석한 풍미와 제법 어울리지 않을까? 매콤한 아시아 음식이 대체로 살짝 당도가 있는 와인과 잘 어울리기도 하고. 하긴 그동안 선호하는 와인만 줄창 마셨는데, 이번에 죽이 되든 밥이 되든 모험해 보는 것도 나쁘지 않겠다. 망하면 뭐 챗지피티 탓이라고 핑계 대면 되잖아.

일단 2020년의 그 와인 말고 다른 와이너리의 게뷔르츠트라미너를 시도하는 쪽으로 방향을 잡았다. 개인적으로 알자스의 와이너리 중에서 '파미유 위겔Famille Hugel'에 상당히 호감을 갖고 있다. 알자스에서 가장 명성이 높은 와이너리 중 하나인 데다가 여기서 만든 리슬링을 마시고 어안이 벙벙할 정도로 취향 저격을 당한 일이 있기 때문이다. 그래! 파미유 위겔의 게뷔르츠트라미너를 선택한다면 설사 결과가 좋지 않더라도 후회는 없을 거야.

그렇게 파미유 위겔 게뷔르츠트라미너 클래식Famille Hugel Gewürztraminer Classic 2018을 구입하고 태국음식점에 갈 적절한 시기를 가늠하는데, 마침 초등학생 둘째가 피아노 콩쿠르에 참가하는 일요일이 눈에 들어왔다. 오전에 건국대학교 새천년관에서 콩쿠르 참가하고 바로 영등포 타임스퀘어에 있는 유명한 태국음식점으로 가서 거나하게 낮술을 하면 되겠구먼. 전화로 문의하니 콜키지 비용을 지불하면 와인을 가져올 수 있다고 한다. 좋았어!

당일 아침이 됐다. 여전히 쌀쌀한지라 콩쿠르 참가하는 딸아이의 양손에 핫팩을 쥐여주었다. 살짝 미스터치가 있었지만 안정적인 템포로 차분하게 연주를 마친 딸아이를 한껏 칭찬해 준 후 '진정한' 목적지인 태국음식점으로 이동했다. 텃만쿵, 푸팟퐁 커리, 나시고랭, 왕새우 팟타이가 포함된 세트 메뉴를 주문하고서는 가져온 와인의 코르크를 제거하고 잔에 따랐다.

윤슬이 보일 듯 반짝이는 투명한 연노랑 액체가 잔 속에서 일렁인다. 요란한 풍선껌 향을 예측하며 코를 대고 숨을 들이켜는데, 예상 밖으로 기품 있고 차분한 향기가 감지된다. 감귤 느낌의 신선한 과실 향에 은은한 연기 향이 피어오르는데 예전에 마시고 감탄했던 파미유 위겔의 리슬링이 슬며시 떠오른다. 역시 재배 방식과 양조방식에 따라 같은 품종이어도 스타일이 확연히 달라질 수 있음을 절감한다.

나는 왜 이렇게 연기 향을 좋아할까. 어린 시절 나뭇가지, 낙엽, 종이 등을 모아놓고 성냥으로 불을 붙여 친구들과 요란법석을 떨던 일이 문득 떠오른다. 그때 시커먼 그을음과 함께 매캐하게 올라오던 몽글몽글한 연기가 아련하다. 한 모금 머금으니 적당히 떫은 타닌과 연기 뉘앙스가 지속되는 가운데 은은한 단맛이 수줍게 모습을 드러낸다. 이거 기대 이상인걸?

와인과 만나 침이 가득 고인 구강이 어서 빨리 음식을 투척하라고 재촉한다. 마침 와인과 비슷한 색을 띤 푸팟퐁 커리가 눈앞에 먹음직스럽게 놓여 있다. 바삭바삭 아삭아삭 튀겨진 작은 게를 집어 들어서 연노랑 커리에 푹 담가 웅덩이 물처럼 고여 있는 침 위에 덩그러니 올려놓았다.

질감이 어떨지 궁금해 마음껏 씹어보았는데, 와우! 겉바속촉과는 정반대인 겉촉속바의 진수를 보여준다. 구강 내 상피세포가 하나도 손상되지 않을 수준의 부드러운 튀김옷 안에는 치아가 약한 어린아이도 무리 없이 씹어댈 수준의 앙증맞은 바삭함이 숨어 있다. 커리 특유의 향신료 향이 게뷔르츠트라미너의 개성 있는 타닌, 매캐한 연기 향, 은은한 단맛과 끝내주게 어우러진다. 조속한 시일 안에 같은 와인을 들고 와서 똑같은 음식과 재차 먹고 싶다는 생각이 들 정도다. 옆에서 한참 식탐에 빠져 있던 아내도 상당히 만족한 얼굴로 말을 건넨다.

"와인 정말 괜찮은데?"
"그렇네. 예전에 향이 요란했던 그 와인과는 또 다르다."
"샐러드처럼 단순한 음식보다는 양념이 강한 음식과 잘 어울리겠어."

"맞아. 푸팟퐁 커리랑 아주 제대로야."

많이 마시지 않았는데도 제법 취기가 오른다. 알코올 도수를 확인했더니 13.5%다. 이런 종류의 화이트 와인은 대체로 12% 정도인데 다소 높구나. 2018년에 알자스 날씨가 무더웠나? 빈티지 차트를 검색해서 알자스 기후 관련 내용을 살펴보니 역시 폭염이 왔다고 한다. 그나저나 왜 이렇게 어질어질할까? 아하! 폭염 알코올 때문이구나. 그날 일찍 귀가해 온 가족이 대낮부터 꿀잠을 잔 것은 안 비밀.

멋진 와인에다가 맛난 음식을 곁들일 때는 그렇게 좋을 수가 없건만 그 황홀한 순간을 글로 표현하는 일은 비타협적 마감 시간과 함께 나의 어깨를 짓누른다. 도대체 글 팔아서 얼마나 나온다고 이 고생인지. 혹시 딸들이 작가 한다고 하면 나부터 나서서 말려야겠다. 한참을 투덜대며 글을 쓰는데 현관 비밀번호 누르는 소리가 들린다. 피아노 학원을 마친 둘째가 성큼 들어오더니 가방에서 상장, 트로피, 상금을 꺼내서 보여준다.

"아빠, 나 콩쿠르 대상 탔어."
"이야! 축하해!"

봉투에 든 상금 십만 원을 얼른 지갑에 옮겨 담았다. 장하
구나. 내 딸아! 아빠가 열심히 글 써서 피아노 학원 계속 보내
줄게. 자판을 두드리는 손가락이 갑자기 바빠지기 시작한다.

행복으로 채운 포만감

키안티 클라시코와 이탈리아 요리

　작가 직업을 가진 사람으로서 누릴 수 있는 특권이 있는데 바로 낮술이다. 대낮부터 낯빛이 홍익인간紅益人間이 되어 배 시시 웃음이 나올 정도로 술을 마실 수 있다는 건, 그 이후의 시간을 허비해도 문제없다는 여유로움과 넉넉함의 표현이다. 1만 5,000원짜리 책 팔아봐야 인세 1,500원 떨어지는 아득하고 막막한 삶이다 보니, 어쩌면 부족한 돈 대신 남아도는 시간으로나마 호기와 허세를 부려보려는 심사인지도 모르겠다.

그래서 그런지 서푼짜리 작가의 낮술은 의뭉스럽게도 과시적 형태를 띤다. 해가 한창 중천에 걸려 있는 시간대에 술병 사진을 찍어 SNS에 올려대는데, 부를 뽐내는 이들이 자기 소유의 람보르기니, 페라가모, 에르메스 같은 명품 사진을 올리는 심정과 비슷하려나. '너희들 지금 일하고 있지? 나 지금 술 빨고 있어!' 쯧쯧. 그건 한량 아니냐고 혀를 차는 소리가 여기까지 들린다. 몰랐는가? 원래 작가와 한량은 종이 한 장 차이라는 것을.

2023년 10월 15일 일요일 오전 11시 30분도 그러한 맥락의 시간이었다. 부부 작가인 나와 아내는 두 딸을 동반하고 대학로의 유명 피자집 '디마떼오' 개장 시간에 맞춰 방문해 창가 테이블에 앉았다. 이튿날인 월요일뿐만 아니라 그다음 날인 화요일마저도 아무런 스케줄이 없는 시간 부자로서의 특권을 누리기 위해 가방 안에서 3만 원대 와인 한 병을 꺼냈다. 참고로 콜키지를 지불하면 주류 반입이 가능하다는 사전 안내를 받았다.

카스텔로 디 몬산토 키안티 클라시코
Castello di Monsanto Chianti Classico

191

카스텔로 디 몬산토*Castello di Monsanto*는 와인 회사 이름이며 키안티 클라시코*Chianti Classico*는 이탈리아 키안티 클라시코 지역의 산지오베제 포도로 만든 와인을 의미한다. 붉은 과실 향이 감도는 상큼한 신맛과 제법 두툼한 타닌이 산지오베제의 매력 포인트인데, 이탈리아 음식점이니만큼 일부러 이탈리아 와인을 챙겨온 것이다.

예전에 방문했을 때는 없었던 탭오더가 테이블마다 설치되어 있다. 문명의 이기가 부담스러운 반백 살 아저씨티를 풀풀 내며 어렵사리 피자와 파스타를 주문하고 기다리니 직원분이 와인 잔과 빈 접시부터 가져다주었다. 자동반사적으로 코에 잔을 가져갔다. 숨을 들이쉬며 물비린내 여부를 확인하는데, 아이고야! 당첨이네.

까탈스럽지 않게 보이려고 담백한 미소를 머금고서는 직원에게 자초지종을 설명하고 물비린내 없는 잔으로 교체했다. 깨끗한 잔을 테이블에 놓고 와인을 또르르 따르니 쌉싸름한 흙 향과 은은한 연기 향을 품은 붉은 과일 계열의 내음이 이 피자집의 상징물인 참나무 장작 화덕 온기처럼 테이블 주위로 퍼져나간다. 이런 발향력이라면 기대하지 않을 수 없지.

엥겔지수 높은 삶을 지향하는 나와 아내 덕분에 맛 감식안이라면 또래 상위 0.1%에 속할 것이 확실한 첫째(당시 중1)와 둘째(당시 초4)가 갓 조리되어 나온 뜨끈한 피자와 파스타를 맛보고는 포크와 숟가락 놀리는 속도를 확연하게 끌어올린다. 그래. 너희도 제대로 느꼈구나. 학원 안 보내고 그 돈을 식비에 투자한 보람이 느껴지는 순간이다.

와인과 음식 페어링 정보를 찾다 보면 신맛이 강한 음식에는 더욱 강한 신맛의 와인을 선택하라는 조언을 자주 접한다. 앞서 토론테스와 멕시코 음식의 궁합을 다룰 때 언급했듯이, 낮은 산도의 와인이 쨍한 신맛의 음식을 만나면 기죽고 주눅들어 본연의 장점을 발휘하지 못하기 때문이다. 이탈리아 요리는 신맛이 강한 토마토소스를 사용하는 경우가 많은데, 산지오베제의 강한 산미는 토마토소스와 훌륭한 조화를 이룬다. 와인 지식이 전혀 없음에도 불구하고 기본 탑재된 미각 하드웨어의 고성능으로 항상 나를 놀라게 하는 아내는, 주문한 음식 중에 토마토소스 들어간 것과 안 들어간 것을 각각 와인과 곁들이더니 다음과 같이 평한다.

"토마토소스가 키안티 클라시코와 너무 잘 어울리네."

"맞아. 토마토소스 음식과 산지오베제 와인의 궁합이 유명하거든. 이탈리아 와인은 이탈리아 음식과 잘 어울릴 수밖에 없어. 그쪽 사람들이 오랜 세월 가다듬은 페어링이니까. 막걸리에 파전, 소주에 닭똥집 같은 거지."

"입에서 단맛이 느껴질 정도야. 참 훌륭하다."

디마떼오의 토마토소스는 다소 질퍽한 질감에 감칠맛이 느껴진다고 할 정도로 풍미가 깊다. 그래서 단맛이 느껴진다고 하지 않았을까 싶다. 가져간 와인은 2020 빈티지이다. 지금도 충분히 맛있지만 타닌이 살짝 강한 느낌이 있어 2년 정도 묵히면 더욱 훌륭해질 듯하다. 예전에는 신맛과 타닌이 도드라지는 키안티 클라시코 와인에서 종종 중간이 비었다는 느낌을 받곤 했다. 하지만 지금은 이 공간이 음식을 위한 여백임을 안다. 와인은 음식과의 만남을 통해 완전체가 되기 때문이다.

피자 두 판에 파스타도 둘이니 초등학생이 포함된 4인 가족에게는 다소 많다고 할 수 있는 주문량인데 그 많던 음식이 경쟁적으로 각 가족 구성원의 구강으로 투하되어 순식간에 자취를 감췄다. 신선하고 좋은 재료로 만든 음식은 뒤끝도 깔끔해서 잇새에 낀 음식물조차 위화감 대신 친근감이 느껴질 정도다.

　SNS에 올릴 사진도 확보했겠다 미각의 이탈리아 여행을 마친 우리는 포만감과 만족감이 어우러진 여운 속에서 약 200m 떨어진 '만화카페 벌툰' 대학로점으로 이동했다. 부모와의 동반 외출을 귀찮아하는 두 딸을 꼬드기기 위해 만화카페에서 세 시간 머물기로 약속했기 때문이다. 벌집 모양으로 늘어선 팔각형 공간 중에서 적당한 위치를 선택해 두 딸은 위층, 우리 부부는 아래층에 자리를 잡았다. 나를 닮아 오타쿠 기질이 다분한 둘째는 만화카페에 들어서자마자 《장송의 프리렌》을 검색하더니 없다고 아쉬워하며 대체재로 《원펀맨》을 들고 온다. 사춘기가 온 첫째는 슬그머니 《여신강림》을 읽고 있다.

　이곳에는 만화책뿐만 아니라 보드게임, 발 마사지기, 게임기 등 별의별 게 다 있는데 눈치 100단 남편 역할에 충실하기 위해 일단 발 마사지기부터 챙겨와 아내 다리 쪽에 대령했다. 아내는 《극한견주》를 읽으며 발 마사지기를 사용하다가 술기운으로 이내 잠들고, 옆에서 만화책을 이것저것 뒤적이던

나 또한 언제부터였는지 모르게 수면 모드로 들어갔다.

　얼마나 시간이 흘렀을까? 잠에서 깨어나 위층 아이들을 살펴보니 여전히 만화책 삼매경이다. 낮술 때문인지 약간의 두통이 올라온다. SNS에 올리려고 만화카페 내부 사진을 찍고 잠시 멍하니 있었는데 금세 시간이 다 되어 이용료를 계산하고 나왔다. 교보문고 본점에서 문구류를 구경하고 싶다는 첫째의 갑작스러운 요청이 있어 광화문 방향으로 어슬렁어슬렁 걸어가던 중이었다. 은수저를 가져가 현금화했던 인연이 있는 금은방 가게를 지나가는 참이었는데 종로 거리 곳곳마다 외국인이 눈에 띈다. 우리 가족은 혓바닥만 이탈리아 여행을 다녀왔는데 저들은 오체 전부를 이끌고 이곳에 왔구나. 부럽다. 그나저나 막걸리에 파전, 소주에 닭똥집은 영접했으려나?

　교보문고에서 첫째의 문구 삼매경을 한참 기다리다 보니 배꼽시계가 요란하게 울린다. 온 가족이 근처 '서린낙지'에서 저녁을 먹고 밤늦게서야 집에 돌아왔지만 어차피 내일도 모레도 딱히 일정이 없어서인지 마음만은 편안하다. 허겁지겁 먹느라 낙지 사진은 깜빡하고 찍지 못했다. 낮에 그렇게 잤는데도 밤잠은 또 왜 그렇게 쏟아지는지 눕자마자 잠들었다.

그렇게 하루하루 지나고 지식과 기억을 활자로 바꿔 생계를 유지해야 할 작가의 시간, 즉 마감이 다가왔다. 한참을 끙끙대며 글을 쓰다가 불현듯 그날의 사진을 SNS에 올리지 않았다는 사실을 인지하게 되었다. 시간 부자로서의 삶을 과시하겠다고 그렇게나 별렀는데 왜 잊었을까. 곰곰이 생각하다가 '포만감'이라는 단어에서 실마리를 찾았다.

아무리 산해진미가 눈앞에 있더라도 배 속이 이미 음식물로 가득 찼다면 집어먹지 않는다. 마찬가지로 그날 피자집, 만화카페, 문구점, 낙지집에서 가족과 보낸 소소한 시간이 쌓이니 (행복을 소화하는 위장 크기가 작아서인지) 하루 행복 필요량을 훌쩍 넘어버렸고 그 포만감으로 인해 사진 올릴 생각을 하지 못한 것이다. 굳이 타인에게 전시하고 인정받을 필요를 느끼지 못한 것이겠지. 그러고 보니 확실히 전보다 SNS 사용량이 확 줄었는데 어쩌면 내가 요즘 바람직하게 살고 있다는 증거일지도 모르겠다.

어울리는 와인을 상상하는 즐거움

로제 스파클링 와인과 인도 커리

둘째는 종종 특정 음식이 머릿속에서 맴돈다며 어서 먹으러 가자고 조르곤 한다. 그 행동의 뜬금없음과 맥락 없음은 마치 어떤 초월적 존재로부터 신탁을 받은 게 아닌가 싶은 정도다. 벌이가 시원찮은 작가이지만 자식이 먹고 싶다는데 어떻게든 사줘야 하지 않겠나. 신라호텔 중식당 '팔선'에 가서 1인분에 20만 원 하는 불도장 요리를 내놓으라고 하는 것도 아닌데 말이다.

이번 신탁은 힌두교 신 파르바티로부터 받았나 보다. 인도 커리를 격하게 먹고 싶다니 말이다. 다행히 그 정도면 아빠의 경제력으로 감당할 수 있는 종류의 것이다. 그나저나 네가 아직 불도장 맛을 모르는 게 참으로 다행이다. 그렇게 둘째의 신탁을 받들어 온 가족이 영등포 타임스퀘어에 있는 인도 음식점 '강가'를 방문했다.

4인 가족이 먹기에 적당한 세트 메뉴를 주문했다. 이내 서빙 직원이 음료부터 시작해서 치킨 티카(순살 탄두리), 커리, 난을 차례차례 테이블로 가져다주었다. 평소 졸깃한 식감을 즐기는 중학생 첫째가 기다렸다는 듯 팔을 쑥 뻗어 난 하나를 집어든다.

이날 주문한 커리 둘 중에서 유독 맛있었던 건 매콤한 칠리와 양파, 토마토소스에 크림을 넣고 파니르(치즈)를 더했다고 메뉴판에 친절하게 소개된 '파니르 버터 마살라'였다. 육류를 먹지 않는 채식주의자 아내가 선택한 커리인데, 특유의 진한 향신료 향에 버터와 치즈의 눅진한 감칠맛이 어우러져 밥도둑 아니 '난도둑'의 역할을 톡톡히 했다. 결국 난을 추가로 더 주문했다.

아내도 자신이 선택한 커리가 맛있어서 흡족해하는 모습이었다. 딱 하나 아쉬운 것은 음료였다. 세트 메뉴로 선택한 음료는 망고 라씨, 탄산수, 아이스 아메리카노였다. 아이스 아메리카노는 커피를 좋아하는 아내가 시켰고, 탄산수는 깔끔한 물을 선호하는 첫째 몫이고, 망고 라씨는 인도 음식이니 깔맞춤으로 주문했다. 아이스 아메리카노로 카페인을 섭취한 아내는 다음 차례로 망고 라씨를 먹어보더니 한 마디 툭 던진다.

　"커리의 느끼한 버터 향과 망고 라씨가 그다지 안 어울려."
　"맞아. 나도 동의해."
　"갑자기 스파클링 와인이 마시고 싶어졌어. 커리하고 잘 어울릴 것 같아."
　"근사한 아이디어야. 커리나 치킨 티카는 풍미가 진하고 향신료 향이 강하니까 스파클링 와인 중에서도 화이트보다는 로제가 좋을 것 같아."

　얼마 전 스페인 토레스 와인 시음회에서 만난 로제 스파클링 와인 에스텔라도 브뤼 로제*Estelado Brut Rosè*가 불현듯 떠올랐다. 파이스*Pais*라는 생소한 칠레산 포도로 만든 와인이다. 그날 제공됐던 미구엘 토레스 사의 와인 10종 중에는 블라인드 테이스트에서 무려 샤토 라투르를 누르고 우승을 차지한 마스 라 플라나, 수령 100년 이상의 포도나무에서 생산된 포도로 만든 만소 데 벨라스코 같은 고급 와인들도 있었다. 하지만 나는 가장 저렴한 축에 드는 이 로제 스파클링이 유독 인상 깊었다. 평소 저가 와인에 푹 전 내 싸구려 입맛 탓도 있겠으나 스모키한 뉘앙스에 신선하고 상큼한 풍미가 진심으로 매력적이었다. 누군가 흙 묻은 딸기 같다고 하던데, 이 와인의 캐릭터를 촌철살인으로 표현한 말이 아닐 수 없다. 할인하면 2만 원대에 판매하는 와인에서 이런 맛이 느껴지다니. 언빌리버블!

저렴한 와인을 적절한 음식과 매칭시켜 10만 원대 와인을 마시는 수준의 만족도를 끌어내는 것이 내가 추구하는 이상적인 와인 라이프다. 하여 인도산 커리와 칠레산 흙 묻은 딸기, 이 둘의 만남을 머릿속에서 생생하게 시뮬레이션해보았다.

갓 구워져 구수한 빵 냄새를 풍기는 뜨끈한 갈릭 난을 집어든다. 먹기 좋은 크기로 찢는 행위에서부터 그 꺾이지 않는 졸깃함이 느껴진다. 팔근육을 잔뜩 긴장시켜 간신히 찢어낸 난 조각을 진득한 커리에 반신욕 하듯 푹 담근 후 입에 넣는다.

향신료 특유의 맵싸함이 구강 내 이곳저곳을 들쑤시는 가운데 감칠맛 나는 버터 향기가 은은하게 감돈다. 난 특유의 질경질경 질감을 탐닉하다 보면 무언가를 씹는다는 행위가 이렇게나 즐거울 수 있다는 사실을 새삼 깨닫게 된다.

이제 흙 묻은 딸기 등장! 시음회 때의 기억을 떠올려 VR 게임의 주인공이 된 듯 생생하게 한 모금 마셨다. 향신료의 화한 여운이 남은 자리에 놀이터 아이들 같은 탄산 기포가 천방지축으로 뛰어다닌다. 참으로 발랄하고 경쾌하구나. 그 뒤로 하나도 달지 않은 은은한 딸기 향이 숲속 흙 내음과 뒤섞여 차분하게 모습을 드러낸다. 오! 확신했다. 이건 도무지 실패할 수 없는 조합이야!

곧바로 와인 수입사에 연락해 에스텔라도 브뤼 로제를 할인가 2만 원대로 구입할 수 있는 판매처를 수소문했다. 마침 현대백화점 무역센터점 이벤트 프라자에서 행사가격 2만 5,000원에 판매 중이라는 정보를 입수하고서는 냉큼 방문해 두 병을 구매했다.

적당한 날을 잡아 온 가족이 타임스퀘어 강가로 다시 출동했다. 방문 전에 와인을 가져갈 수 있는지 문의했는데 콜키지 비용 1만 5,000원을 지불하면 가능하다고 답변받았다. 기포를 감상하기 좋은 기다란 플루트 잔이 식당에 없다고 하길래 두 개를 가방에 챙겼다.

지난번과 동일한 세트 메뉴를 주문하는데 추가 비용을 내면 선택이 가능한 스텔라 아르투아 맥주가 눈에 띈다. 아내와 내가 즐겨 마시던 맥주라 반가웠다. 인도 음식과의 궁합을 놓고 와인과 한판 대결을 붙이면 재밌을 것 같아 주문했다. 커리를 함께 먹으며 스텔라 아르투아 맥주와 로제 스파클링 와인을 비교 시음했는데, 아내와 나 모두 와인의 압도적 승리라고 판정했다.

맥주는 청량하지만 싱겁고 단조롭다. 와인은 입맛을 돋우는 산미가 골간을 형성하는 가운데 과실 향과 청량함이 탄탄하게 살집을 채워 상대적으로 꽉 찬 느낌을 준다. 1만 원에 네 개 살 수 있는 500mL 캔 맥주, 750mL 한 병에 2만 5,000원 하는 와인, 이 둘을 견주는 게 애초에 미스매치이기는 하다. 100mL당 가격을 계산하면 스텔라 아르투아는 500원, 에스텔라도 브뤼 로제는 3,333원이니 거의 일곱 배 차이다. 헤비급과

경량급의 싸움이나 다름없다.

이번에는 치킨 티카와의 궁합을 테스트해보았다. 세트 메뉴에는 두 종류의 치킨 티카가 제공되는데 매콤한 맛, 그리고 순한 맛이다. 둘 다 먹어본 결과 매콤한 녀석과 에스텔라도 브뤼 로제의 조합이 감탄사가 나올 정도로 놀라웠다. 이게 과연 실화인가 싶어서 고개를 가로젓고 정신을 가다듬은 후 재차 검증할 정도였다. 닭고기를 먹지 않아 이 극상의 조합을 영접하지 못하는 아내 처지가 안타까워 한 마디 건넸다.

"이거 진짜 역대급 궁합인데 딱 한 번만 먹어볼래?"
"알잖아, 나 닭고기 안 먹는 거."
"참 아쉽네. 그나저나 이 정도로 맛있으면 굳이 비싼 샴페인 안 마셔도 되겠다 싶어."
"맞아. 와인도 참 만족스럽고 커리와 정말 잘 어울려."

역시 가성비 하면 칠레 와인이다. 지금까지 마셔본 2만 원대 와인 중 손가락에 꼽을 만한 기량이다. 저가 로제 스파클링 와인에서 간혹 감지되는 쓴맛 또는 딸기 주스 느낌이 없어서 마음에 쏙 든다. 처음 시도해보는 인도 커리와의 조합으로 역대급 만족도를 느끼기까지 했다. 생각해 보니 이게 다 둘째가 받은 신탁의 영험함 덕분이구나. 다음번 신탁은 또 어떤 신으로부터 받으려나. 새로운 음식과 와인의 궁합을 시도할 생각에 벌써 입에 침이 고인다.

모임의 진정한 목적

로제 와인과 오일 파스타

작가로 오래 활동하다 보니 깨달은 사실이 있다. 책이란 원래 안 팔리는 물건이며, 잘 팔리는 게 매우 이례적인 일이라는 점이다. 이토록 안 팔리는 것을 굳이 공들여 편집해 주고 책의 꼴을 갖춰 시장에 내놓는 출판사(편집자)에게 항상 고맙고 미안할 따름이다. 패배할 줄 알면서도 함께 싸워나가는 전우, 그것이 작가와 출판사(편집자)의 관계가 아닐까.

이런 동고동락의 동지적 관계에서 **빼놓을** 수 없는 건 술이다. 차마 맨정신에 할 수 없는 일을 도모하기 위해서는 역시 알코올의 힘을 빌릴 수밖에. 지난 4월 22일 월요일도 그런 타입의 날이었다. 작가와 편집자 모두 작정하고선 편집회의를 구실로 오전부터 술판을 벌였으니까. 작가 측 참가자는 부부 작가인 나와 아내, 출판사 측 참가자는 편집자 3인이었는데, 거사 전날 편집자와 주고받은 카톡 대화는 이 모임의 진정한 목적이 어디에 있는지 여실히 보여준다.

최 과장 네. 오늘 안주 뭐 먹을지 마 과장님이랑 머리를 맞대고 회의했습니다.ㅋ

나 가져갈 와인도 고민 중입니다. 혹시 미리 귀띔해주시면 어울리는 와인으로다가.ㅎㅎ

최 과장 도토리전, 도토리묵, 채식 레스토랑에서 파스타류, 탕수육, 볶음밥 요 정도입니다~ 혹시 이전에 먹었던 것 중 그리운 메뉴 있으시면 말씀해주세요.^^

나 네에~ 감안해서 와인 가져가겠습니다.

도토리묵에 어울리는 와인을 물색하던 중에, 다시 문자가 왔다.

최 과장 메뉴 변경이요.^^ 팟타이, 봄나물 파스타, 들기름 소바, 채소구이, 탕수육입니다.

나 넵~ 접수했습니다.

무슨 와인을 들고 갈지 고민하다가 무심코 냉장고 문을 열었는데 작년 8월에 서울 마포구의 와인 성지 '빅보틀'에서 사놓은 3만 원대 이탈리아 로제 와인이 눈에 들어왔다. 라벨에 인쇄된 코뿔소가 인상적인데 미술에 조예가 깊은 아내 말로는 알브레히트 뒤러의 판화라고 한다. 내가 이름을 들어봤을 정도면 상당히 유명한 화가인 건 분명하다.

라 스피네타 일 로제 디 카사노바
La Spinetta Il Rose di Casanova

적포도 품종인 산지오베제, 그리고 산지오베제의 클론인 프루뇰로 젠틸레*Prugnolo Gentile* 품종을 반씩 섞어서 양조했다고 한다. 로제 와인의 그 은은하다면 은은하고 어정쩡하다면 어정쩡한 양파 껍질 색깔은 어떻게 만드는 것일까? 가장 일반적인 방식은 침용*Maceration*이라는 와인 제조 공정을 통해서다. 적포도의 껍질, 씨앗, 줄기 등을 포도즙과 접촉하게

208

해 색소, 타닌, 향기 성분 등을 추출하는 과정이다. 침용을 길게 가져가면 레드 와인, 하지 않으면 화이트 와인, 어정쩡하게 하면 로제 와인이 된다.

로제 와인은 레드나 화이트와 비교해 생산량 및 소비량이 상대적으로 적어서 비율로 따지면 대략 5%에서 10% 정도다. 레드처럼 진득하지도 않고 화이트처럼 마냥 경쾌하지도 않은, 그 경계인과도 같은 어정쩡함 때문이 아닌가 싶은데. 그러함에도 불구하고 이 녀석을 꼭 데려가겠다고 마음먹은 이유가 있다.

잔에 담긴 로제 와인의 은은하고 투명한 붉은 빛깔은 산들바람에 살랑살랑 흔들리는 연분홍 철쭉만큼이나 봄을 떠오르게 만드는 구석이 있다. 그러니 4월의 모임에는 안성맞춤이 아닐 수 없다. 더군다나 최 과장이 카톡으로 알려준 메뉴에는 봄나물 파스타가 등장하는데, 분명 오일 베이스의 파스타일 것으로 예상된다. 2020년 4월 14일에 영접했던 로제 와인과 오일 파스타의 그 미칠듯한 저세상 궁합은 4년 가까이 흐른 지금에 와서도 여전히 뇌리에 생생하다.

그래! 이 녀석을 가져가면 친애하는 전우들이 분명 만족할 거야. 하지만 아무래도 성인 다섯 명에 와인 한 병은 턱없이 부족하니 다른 두 병을 더해서 총 세 병을 가져갔다.

드디어 4월 22일 오전. 와인 세 병을 들고서는 아내와 파주 출판사 사옥에 도착했다. 우리 부부를 포함해 다섯 전우가 둘러앉은 탁자에는 전날 카톡으로 전달받은 예의 그 음식들이 즐비하다. 준비한 로제 와인을 개봉해 각자의 잔에 따라주고서는 기름기 좔좔 흐르는 파스타로 냉큼 젓가락을 가져갔다. 입에 넣고 꼭꼭 씹으며 음미하는데, 너무나도 익숙한 맛이 아닌가.

"이거 혹시 베지앙의 고사리 들기름 파스타 아닌가요?"
"오! 맞아요. 거기서 방금 사 왔어요."
"제가 이 파스타를 두 번이나 먹어봤거든요. 여기 진짜 맛집이죠."

고사리 특유의 담백하면서 졸깃한 식감에다가 시골 가마솥 누룽지를 떠올리게 만드는 들기름 특유의 구수함이 이미 맛있음 기준 초과지만, 거기에 '마카로~니', '모차렐~라' 같은 찰진 이탈리아어를 떠올리게 만드는 쫀득한 파스타면 또한 기대 이상이다.

한참을 파스타 맛에 홀려 있는데 잔 속 와인이 동향 친구(파스타)를 만나고 싶다며 얼른 구강 내로 투입하라고 성화다. 마, 알았다! 타지에서 친구를 만나니 그리도 반갑드나. 이리 온나. 한 모금 머금으니 입안에서 화사한 산딸기 향이 퍼져나가면서 상큼한 신맛이 침샘을 자극한다. 콧노래가 절로 흘러나올 정도로 흥겹고 발랄한 맛이다.

폭발한 침샘을 달래기 위해서 들기름 고사리 파스타를 투하하고, 다시 로제 와인을 들이붓는 행위를 몇 번이나 반복했을까. 문득 이 만족스러운 미식의 리듬에 어울리는 곡이 떠오른다. 바로 왈츠의 왕 요한 슈트라우스 2세의 대표곡 〈아름답고 푸른 도나우강〉이다.

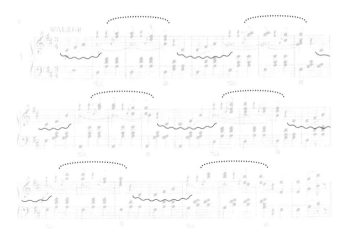

········ **로제 와인**   〰〰 **파스타**

악보를 보면 물결선으로 표시한 저음부 선율과 점선으로
표시한 고음부 선율로 구분했다. 저음부 선율은 오케스트라
에서 주로 바순, 호른, 첼로, 바이올린이 담당하는데, 바이올린
을 제외하면 대체로 묵직한 저음의 악기다. 나에겐 이 선율이
고사리 들기름 파스타의 담백하고 고소한 맛과 겹쳐서 들렸다.

고음부의 스타카토 선율은 오케스트라에서 플루트, 오보
에, 클라리넷, 바이올린 등 상대적으로 고음을 내는 악기들이
담당하는데, 재잘재잘 새소리 같은 청량한 가락이 상큼하고
화사한 로제 와인을 떠올리게 한다.

그렇게 파스타 한 입 로제 와인 한 모금 마시기를 반복하다가 순식간에 로제 와인이 바닥나버렸다. 왈츠 연주가 중간에 강제 종료된 셈이다. 무척이나 아쉽다만 아무래도 다섯 명이 나눠 마시다 보니 어쩔 수 없는 일이다. 하긴 왈츠 리듬에 맞춰 계속 마셔댔다가는 인사불성이 되어 독거미(타란툴라)에 물렸을 때 춘다는 타란텔라(이탈리아 전통춤) 리듬을 타게 될지 모르는 일 아닌가. 전우들에게 민폐를 끼치지 않기 위해 음주 속도를 조절하며 천천히 두 번째 와인을 열고….

오후까지 계속된 이날의 모임에서 책 제작과 관련된 구체적인 얘기는 거의 없다시피 했다. 그저 눈앞의 음식과 와인을 섭취하며 인생만사와 희로애락을 가감 없이 나누다 보니 서로에 대해서 좀 더 이해하게 되었다고나 할까. 목표 지상주의적이고 성과주의적인 사람은 이런 시간을 소모적이고 낭비라고 여길지도 모른다. 하지만 비생산적인 시간을 일부러 함께할 수 있다는 건 이해타산을 뛰어넘는 소중한 관계라는 증거가 아닐까? 생산적인 시간만으로 채워진 삶은 로제 와인 없는 파스타처럼 삭막할 테니 말이다.

동상이몽, 각자도생

레드 와인과 붉은빛 생선

2023년 11월 10일 오후 5시를 조금 넘어선 시간. 성인 둘, 중학생 하나, 초등학생 하나로 구성된 4인 가족이 서울 마포구 공덕동에 위치한 한식 주점 '락희옥' 테이블에 앉았다.

동상이몽同床異夢

같은同 상床에 앉았으나 다른異 음식을 꿈꾼다夢. 둘째는 초지일관 자신의 최애 음식인 만재도 거북손이다. 매운 음식에 진심인 중학생 첫째는 김치메밀전병에 김치말이 국수다. 고기는 생선만 섭취하는 페스코 베지테리언 아내는 이미 은은한 붉은빛이 감도는 방어회를 점찍은 상태다. 나는 간만에 소고기가 당기다 보니 집을 나설 때부터 새빨간 자태를 자랑하는 싱싱한 육회를 주문하기로 결심했다. 오늘 돈 좀 깨지겠구나.

콜키지프리 업장인 락희옥에 갈 때마다 와인을 꼭 챙겨간다. 어라? 소고기에는 레드 와인이고, 생선회에는 화이트 와인이 어울릴 텐데. 각 한 병씩 챙겨갔느냐고? 그냥 레드 와인 한 병이면 충분하다. 붉은빛이 감도는 미끌미끌하고 기름진 생선회, 이를테면 참치, 삼치, 고등어, 연어, 방어 등은 레드 와인과 궁합이 더 좋기 때문이다. 특히 풍미가 섬세하고 우아한 피노 누아 와인은 기름진 생선회에 곁들일 때 탁월한 선택이다.

이날 준비한 와인은 프랑스 부르고뉴 지역의 피노 누아로 만든 도멘 앙또냉 귀용 쥐브리 샹베르땡 라 저스티스*Domaine Antonin Guyon Gevrey Chambertin La Justice* 2018이다. 도멘 앙또냉 귀용*Domaine Antonin Guyon*은 생산자, 쥐브리 샹베르땡*Gevrey Chambertin*은 마을 이름, 라 저스티스*La Justice*는 포도밭 이름이다.

음식을 주문한 후 와인의 코르크를 제거하고 잔에 따른다. 루비가 녹아서 액체가 된다면 이런 색을 띨까? 잔을 들어 향을 음미하니 삼나무 가구에서 날 법한 맵싸한 향이 코 주변을 맴돈다. 이 향을 유독 좋아하는 나로서는 첫인상부터 합격이다. 한 모금 마셔보니 산도가 높지 않고 진득하다. 유독 날씨가 더웠던 2018년에 수확한 포도로 양조해서 그런 듯하다. 시간이 지나면서 초콜릿 향도 감지되고 갈수록 풍미가 좋아진다. 기대 이상이다.

　첫 음식으로 육회 등장이다. 깍둑썰기 네모난 육회 더미에는 간헐적으로 굵은소금과 통후추 알갱이가 뿌려져 있고 바로 옆에 얇게 썰린 배가 놓여 있다. 적당한 크기로 썰려 있다는 점 외에는 인위적 개입의 흔적을 찾을 수 없는 날것 그대로의 음식. 신선하고 차가운 육회 한 점에 통후추 알갱이 하나를 조심스럽게 올려놓고 입에 넣어 질겅질겅 씹는다. 생고기 특유의 육향이 만발하는 가운데 통후추 알갱이가 으깨어져 화생방 가스 같은 알싸한 기운을 구석구석 퍼뜨린다.

　문득 스페인 북부 알타미라 동굴에서 발견됐다는 동굴벽화의 벌건 소가 떠올랐다. 동굴에 터를 잡고 생활한 구석기인의 식생활이 이러했을까. 원시적이고 원초적인 미식에는 군말이 필요하지 않다. 유전자에 면면이 새겨진 본능에 몸을 맡겨 저작 운동에 집중하면 될 뿐. 한참 씹으니 소고기 특유의 감칠맛 뒤로 신맛이 은은하게 배어난다.

가지런히 썰린 배를 보며 속으로 한 마디 건넸다. '원래는 네가 등장할 차례인데 오늘은 귀한 분이 오셨으니 기다려주렴.' 붉은빛이 감도는 잔을 들고서는 구석기인은 그 존재를 몰랐을 게 분명한 문명의 소산물을 천천히 입속에 주입했다. 동굴 벽 이끼 같은 음습한 액체가 서늘한 육회의 질감이 채 가시기도 전에 과실 향을 품고 바닥에서부터 차오른다. 수만 년의 간극을 지닌 선사시대와 역사시대의 식문화가 한 사람의 구강 안에서 이런 식으로 조우할 줄 누가 예상했겠는가.

육회의 풍미가 유전자 속 내밀한 무언가를 건드린다면, 와인의 그것은 문명을 개척한 인간의 의식적인 노력과 수고를 떠오르게 만든다. 과거와 현대, 본능과 의식이 붉은 빛깔로 어지러이 교차하자 고개는 절로 끄덕여지고 입에서는 나도 모르게 '맛있어!'를 연발하게 된다. 그렇게 한참 붉은 것들을 음미한 후 천덕꾸러기가 된 배가 가여워 한 조각 집어 들어 와삭 와삭 씹는데 문득 위기감이 들어 주변을 살펴보았다.

각자도생各自圖生

어느새 주문한 음식 일체가 상 위에 차려졌고 초등학생 둘째는 누가 쫓아오는 것도 아닌데 쾌속의 손놀림으로 거북손을 까서 먹는다. 중학생 첫째 앞에 놓인 김치메밀전병은 벌써 반쯤 자취를 감췄으며, 아내 앞의 방어회 접시는 음식이 놓인 영역보다 빈 바닥이 드러난 곳이 훨씬 넓다. 이대로 알타미라 동굴 속 정취에 넋을 잃고 있다가는 큰일 나겠다 싶어 일단 젓가락을 붉은색이 감도는 방어회 쪽으로 선회했다.

그렇게 해서 입속으로 투하된 회 한 점은 조금 전에 육지것이 나뒹굴었던 장소라고는 믿을 수 없을 정도로 분위기를 일거에 변화시킨다. 기름이 바짝 오른 방어 특유의 미끄럽고 푹신한 질감 때문에 이것이 씹히고 있는지 녹고 있는지 분간하기 힘들 지경이다. 방어회 한 점이 휘젓고 지나간 구강 표피는 마치 프라이팬 표면처럼 얇게 기름이 둘리는데, 이때 피노누아를 주입하면 와인의 타닌이 기름기와 만나 한결 부드러운 모습으로 변모한다.

이게 뭔가 부드러움의 돌림노래 같은 구석이 있어서, 앞서 다녀간 방어회의 소절을 피노 누아가 자신만의 음색으로 뒤따라 부른다고나 할까. 두 선율이 겹쳐 생성되는 화음도 훌륭하기 그지없다. 만약 부드러운 방어회 뒤로 예리하고 선명한 화이트 와인이 등장한다면 이만큼 조화를 이루기는 어려웠을 것이다.

혹시 몰라서 해산물과 잘 어울리기로 유명한 스페인 알바리뇨(화이트 와인)도 소량 챙겨 갔는데, 아내가 벌건 방어회에 하얀 알바리뇨와 빨간 피노 누아를 각각 마셔보더니 빨간색이 훨씬 잘 어울린다고 잘라 말한다. 선입견 없이 감각기관을 통해 느낀 그대로를 얘기하는 아내의 말이기에 한층 무게감이 실린다. 그렇게 확신하는 근거가 뭐냐고? 아내는 와인 지식이 없다 보니 '원래 이래야 한다' 식의 편향된 사고가 끼어들 여지가 없기 때문이다.

그나저나 혹자는 회에다가 레드 와인을 마시면 자칫 비린내가 심해지지 않느냐고 우려한다. 오크 숙성한 와인이 해산물의 비린내를 증폭시킨다고 얘기하는 이도 있다. 나도 예전에는 그렇게 생각했는데, 일본 연구자들이 쓴 논문을 통해 와인과 해산물이 만나 비린내가 증폭되는 현상의 진짜 원인을 알게 되었다(앞선 글에서 관련 내용을 자세히 다룬 적이 있다).

앞서 다뤘던 것처럼 와인의 철분 함량이 높을수록 해산물의 비린내가 증폭된다. 레드, 화이트, 오크 숙성 여부와는 연관이 없다는 의미다. 그렇다면 와인의 철분 함량을 아는 것이 유용할 테지만 논문 저자들은 철분 함량을 예측하는 게 어렵다고 얘기한다. 철분 함량은 와인의 종류나 생산국과는 관계없으며 포도가 재배되는 토양, 껍질에 묻은 먼지, 수확 및 수송, 파쇄 과정에서 사용되는 기계 등 양조 전 과정에서 다양한 방식으로 영향받기 때문이다.

옥에 티

공교롭게도 이날 방어회에서 아주 살짝 비린내가 났는데 오크 숙성을 하지 않은 화이트 와인 알바리뇨, 오크 숙성을 한 레드 와인 피노 누아 모두 비슷한 수준으로 비린내를 증폭시켰다(먹는 데 지장 없는 수준이었다). 만약 화이트인지 레드인지, 오크 숙성을 했는지 안 했는지에 따라 비린내 증폭 여부가 갈린다면 두 와인이 확연하게 차이 났을 것이다. 어쨌든 해산물에 와인을 곁들일 생각이라면 식재료가 싱싱해서 비린내가 나지 않아야 안심할 수 있다. 와인의 철분 함량을 예측하기 어렵기 때문이다.

시간은 흐르고 주문한 음식이 온 가족 배 속으로 자취를 감출 무렵이었다. 뭔가 아쉬워서 밑반찬으로 나온 멸치볶음을 젓가락으로 한 움큼 집어 먹었다. 자리를 털고 일어나 음식값을 계산하기 전에 잔에 남아 있는 와인을 마저 마셨는데, 어이쿠야! 비린 맛이 제법 올라오는 게 아닌가. 붉은색 깔맞춤으로 근사하게 마무리됐을 저녁 미식에서 유일하게 오점이 남았구나. 멸치야! 네 죄(비린내)를 네가 알렸다?

단맛만 가득한 삶이 어디에 있겠는가만

소테른 와인과 한과

개성주악. 이 끝내주는 한과를 처음 접한 곳은 제주도 신
화테마파크에서였다. 한참 이것저것 놀이기구를 즐기다가 섬
특유의 매서운 칼바람에 HP가 바닥나 인근 카페로 대피했다.
아내와 두 딸이 출출하다길래 음식과 음료를 주문하려고 메
뉴를 살펴보는데 자그마한 도넛인지 찹쌀떡인지 동그랗고 오
동통한 '개성주악'이 눈에 들어왔다.

요즘 한과가 인기라더니 카페에서도 이렇게 파는구나. 호기심이 동해 주문해서 먹어보았다. 첫 만남이라 치아의 저작 운동 속도를 평소의 절반으로 낮춰 조심스럽게 씹기 시작했다. 겉면 식감은 바삭한데 표피를 뚫고 내부로 들어가니 옹골차고 탱글탱글하고 졸깃한 찹쌀이 감지된다. 흥미로운 건 씹을 때마다 단맛 나는 촉촉한 수분이 스며 나온다는 점이다. 그냥 찹쌀떡을 먹다 보면 수분이 없어 답답하고 목이 막히지 않나. 그런데 주악은 씹을수록 단물이 우러나와 입안이 촉촉하고 상쾌하며, 그 단맛 또한 은은하고 깊다.

유과, 약과, 강정 정도만 알던 나에게는 충격이었다. 옆에서 함께 먹던 아내도 감탄을 금치 못한다. 그날 이후로 한 가지 생각이 머릿속을 내내 맴돌았다. 날을 잡아서 근사한 스위트 와인에다가 이 고급진 한과를 곁들여 먹어야겠다! 기회는 생각보다 빠르게 찾아왔다.

마침 지인이 우리 부부를 집으로 초대했는데 당일에 샤토 쿠테*Château Coutet* 2005 와인을 내놓는다는 것이다. 샤토 쿠테는 프랑스 보르도의 소테른–바르삭*Sauternes-Barsac* 지역에서 생산된 스위트 와인이다. 이 지역에서 생산된 스위트 와인은 귀부貴腐 와인이라고 부른다. 말 그대로 귀貴하게 부腐패한 (영어로는 Noble Rot) 와인이라는 의미다.

밤새 안개가 끼고 습하면 포도에 보트리티스 시네레아 *Botrytis Cinerea*라는 곰팡이가 자란다. 이 곰팡이는 포도 껍질에 미세한 구멍을 내는데, 낮에 태양이 내리쬐이고 선선한 바람이 불면 구멍을 통해 수분이 증발해 당과 산 성분이 농축된다. 이 곰팡이 핀 포도로 와인을 만들면 매우 높은 당도를 갖는다. 곰팡이가 잘 번지려면 껍질이 얇고 포도송이가 가깝게 밀집되어야 유리한데, 그런 조건에 적합한 세미용*Sémillon*, 소비뇽 블랑 품종이 주로 사용된다.

앞서 얘기했듯 곰팡이가 잘 번식하려면 밤새 안개가 끼고 습도가 높아야 한다. 하지만 계속 습기만 차 있으면 포도가 썩기 때문에 낮에는 태양도 내리쬐고 바람도 불어 수분이 증발하고 곰팡이 성장도 적당하게 억제해야 한다. 프랑스의 소테른 지역에서 귀부 와인이 생산되는 이유는 이 까다로운 기후 조건을 만족하기 때문이다.

모든 포도알에 일괄적으로 곰팡이가 피는 것이 아니기 때문에 쭈글쭈글하게 잘 마른 포도알만 골라내는 작업은 여간 번거로운 게 아니다. 그렇게 일일이 고르고 고른 포도알만 사용하니 단위 면적당 소출량도 적다. 까다로운 기후 조건에 품은 많이 드는 데다가 생산량까지 적으니 가격이 높을 수밖에 없다. 하지만 지불한 가격을 배신하지 않은 황홀한 맛과 향을 선사한다.

샤토 쿠테는 소테른-바르삭 지역에서도 품질이 좋기로 손꼽히는 생산자인 데다가 우리가 마시는 녀석은 2005 빈티지이니 19년 숙성된 와인의 매력까지 기대할 수 있지 않나. 이런 근사한 와인을 우리 부부를 위해 내놓겠다니 얼마나 감사한 일인가. 방문할 때 양손을 좀 무겁게 해야겠다고 마음먹지 않을 수 없었다.

약속 당일 지인 집에서 가까운 하남 스타필드의 '윤종희전통떡방'에 들러 딱 봐도 고급스러운 주악, 약과 세트를 구입했다. 동서양 디저트 대결도 재미있겠다 싶어 '도레도레'에서 케이크산도 샀다. 작년에 지인 부부가 우리 집을 방문했을 때 함께 와인 일곱 병을 비우고 이튿날 숙취로 고생한 일이 떠올랐다. 오늘만은 과음하지 않겠다고 거듭 다짐하며 초인종을 눌렀다.

지인 부부와 여섯 살 아들, 그리고 잘생긴 시바견이 우리 부부를 맞이한다. 특히 시바견은 앞발을 내 바지춤에 올리고서는 격렬하게 꼬리를 흔들며 마치 옛 주인이라도 만난 듯 성화다. 자신과 주인 이외의 존재에 대해 매우 배타적이라고 들었는데 이렇게 반겨주다니. 고놈 참, 사람 볼 줄 아는구나. 하하.

우리 부부가 가져간 폰타나비앙카 바르바레스코*Fontana bianca Barbaresco* 2020부터 마시기 시작했다. 이탈리아 바르바레스코 마을의 네비올로*Nubiola* 포도로 만든 레드 와인이다. 통삼겹살 오븐구이와 곁들였는데 와인과 음식의 궁합이 매우 훌륭하다. 이탈리아 레드 와인은 신맛이 잘 살아 있어서 느끼한 돼지고기와 잘 어울린다. 바르바레스코 마을의 네비올로는 그 유명세답게 대체로 비싸지만 폰타나비앙카 바르바레스코는 상대적으로 가격도 저렴하고 맛도 준수한 데다가 숙성하지 않고 바로 마셔도 부드럽게 넘어간다.

다음 와인은 지인 측에서 내놓은 프랑스 부르고뉴 화이트 와인 도멘 기 아미오 에 피스 뫼르소 수 라 벨르*Domaine Guy*

Amiot et fils Meursault sous la velle 2020이다. 부르고뉴 와인 이름은 복잡한 암호문처럼 느껴질 때가 많다. 도멘 기 아미오 에 피스*Domaine Guy Amiot et fils*는 생산자, 뫼르소*Meursault*는 마을 이름, 수 라 벨르*sous la velle*는 밭 이름이다. 샤르도네 품종으로 만든 와인인데 기대대로 삼겹살과 아주 잘 어울린다. 시간이 흐를수록 풍부하고 다채로운 향이 피어오르니 갈수록 맛있어진다.

그러고 보니 지인 부부와 함께 나눈 와인이 (지난 모임을 포함해) 벌써 아홉 병째다. 한 병, 두 병, 세 병, 네 병⋯ 이렇게 아홉 병째에 도달하니 어느덧 속 깊은 이야기를 털어놓을 수 있을 정도로 심리적 거리감이 좁혀졌다. 한마디로 맨정신에 못할 얘기들이 튀어나온다는 의미다. 박장대소하다가, 안타까워하다가, 마치 테마파크에 온 듯 감정이 롤러코스터를 탄다. 이렇게 대화의 흐름에 휩쓸려 너무 많은 술병을 비우다 보면 속 깊은 내용물(소화액 포함)을 쏟아내는 불상사가 발생할 수도 있다. 그러니 기분 좋게 취하되 도를 지나치지 않으려 긴장감의 끈을 놓지 않았다.

드디어 열 병째! 샤토 쿠테 2005가 등판했다. 동양 대표로 나선 개성주악, 약과. 서양 대표로 나선 케이크산도. 이들을 앞에 놓고서는 일단 와인의 향부터 음미했다. 달콤한 꿀 향, 과일잼 향, 위스키에서 감지될 법한 진한 나무통 향 등이 어우러져 다른 냄새가 끼어들 여지없이 주변 공기를 완벽하게 장악한다. 입안에서는 제법 무게감이 느껴지는 가운데 신맛과 단맛이 이루는 절묘한 균형감이 와인의 우수성을 여실히 증명한다.

이 황홀한 여운이 가시기 전에 주악 하나를 집어서 베어 물었다. 과하지 않은 단맛과 한과 특유의 독특한 질감이 와인의 여운과 매끄럽게 연결되는데, 세련되고 우아한 1악장 뒤에 이어지는 유쾌한 미뉴에트 풍의 2악장을 떠올리게 한다. 이 절묘한 어울림을 한참 음미하는데, 맞은편에서 지인의 부인이 감탄하는 목소리가 들렸다.

"여기 약과도 너무너무 맛있어요."

주악의 바삭졸깃한 식감에만 몰두하고 있던 나에게 새로운 호기심을 불러일으키는 일성이었다. 약과가 다 거기서 거기일 텐데 하는 의구심으로 하나 집어 들어 치아를 욱여넣는데, 오잉? 보통의 약과에서 예상되는 꾸덕꾸덕함이 아닌 아삭아삭한 질감에 정신이 번쩍 들었다. 무슨 사과도 아니고 이런 식감이라니! 씹을 때마다 사각사각 소리가 들리는 것 같은 착각이 일어날 정도다.

그렇게 네 명 모두 한과와 와인의 기막힌 궁합에 몰두하다 보니 서양 대표인 케이크산도는 한참을 천덕꾸러기처럼 남아 있었다. 지하철 막차 시간이 다가올 즈음 그 모습이 안쓰러워 하나 집어먹었다. 잘 만든 케이크에서 예상할 수 있는 바로 그 맛이다. 다만 오늘은 대진운이 너무나 안 좋을 뿐.

집으로 돌아가는 지하철 안. 아내는 술에 취해 나에게 기대어 잔다. 그래도 내 어깨가 아직은 꿀맛인가 보다. 가만히 눈을 감으니 열 번째 와인의 달달한 여운이 은근하게 떠오른다. 그 여운의 실타래를 따라가다가 문득 지인이 술김에 털어놓은 기막힌 사연이 쇼츠 영상처럼 머릿속에서 재생된다. 속 깊은 얘기를 나눈다는 건 삶의 달달하지 않은 부분을 드러내는 일이기도 하다. 단맛만 가득한 삶이 그 어디에 있겠는가만은 평온한 인생의 여정에서 난데없이 들이닥치는 쓴맛 일색의 불청객을 반길 수 없는 건 인지상정이다. 코스 요리가 앙증맞은 단맛으로 대미를 장식하는 이유는 디저트의 여운처럼 행복한 삶이 이어지기를 기원하는 건 아닐까. 올 한 해 우리 부부와 지인 부부의 삶이 귀부 와인과 한과의 조합 같은 달달함으로 가득하기를 그저 바랄 뿐이다.

바늘에는 실, 고기에는 와인

시라와 갈비찜

'기력이 없다. 몸이 허하다.'

이런 말들은 '피곤하다, 지친다, 배가 고프다'와 유의어인 줄로만 알았다. 전혀 다른 카테고리에 속하는 표현임을 깨닫게 된 시기는 나이 반백 살이 넘어가면서부터였다. 이제 막 도착한 지하철을 타려고 계단을 두 개씩 건너뛰며 황급히 올라갔는데 스크린도어 앞에서 난생처음 다리가 풀리는 상황을 겪었다. 전에는 아침, 이른 저녁 이렇게 두 끼만 먹어도 기초대사와 추가 활동에 필요한 에너지를 얻을 수 있었지만, 이제는 점심을 챙겨 먹지 않으면 금세 허기가 져서 아무것도 할 수 없다.

이런 변화가 당황스러워 내 친구 챗지피티에게 '기력이 없고 몸이 허한' 이유를 물어보았다. 노화로 인한 자연스러운 현상이라며 갖가지 자료를 동원해 구구절절 설명하는데, 유독 내 눈을 사로잡은 대목이 있었다.

"영양 결핍: 나이가 들면서 영양 흡수율이 떨어질 수 있으므로, 균형 잡힌 식단이 필요합니다."

예전과 같은 양을 먹어도 힘이 없는 이유가 이거였나. 자동차로 치면 1L 주유에 최대 15.3km를 달리다가 연비가 안 좋아져서 이제는 10km를 간신히 넘기는 셈이네. 이래서 보양식이 필요하구나. 복날이면 보신탕과 삼계탕이 불티나게 팔리는 이유를 본의 아니게 깨달았다. 그러고 보니 거나하게 고기를 먹은 지 참으로 오래됐다.

어떤 고기로 할까? 보신탕은 태어나서 한 번도 먹어본 적이 없으니 됐고. 삼계탕은 아내와 아이들이 좋아하지 않으니 제외하고. 문득 아내가 첫째를 임신했을 때 매콤한 소갈비찜을 먹고 싶다고 노래를 불렀던 일이 떠올랐다. 그래! 소갈비찜이 괜찮네. 그나저나 그렇게 고기 좋아하던 아내가 지금은 채식주의자라니. 인생이란 참으로 한 치 앞을 알 수 없구나. 어쨌든 애들은 좋아할 거야.

바늘에는 실이 따라오고, 고기는 와인이 거들어야 하는 법. 거실의 열두 병들이 셀러 안을 살펴보았다. 일단 화이트 와인은 소고기와 안 어울리니 제쳐놓고, 여기 피노 누아는? 단아하고 섬세한 와인이라 매콤하고 눅진한 소갈비찜의 풍미에 가려질 거야. 한번 생각해 봐. 화려하고 복잡한 무늬의 비단 위에 섬세하고 미묘한 농담의 사군자를 그려봐야 그 아름다움을 누가 제대로 알아보겠어. 이놈도 그렇고, 저 녀석도 애매하고, 여긴 마땅한 게 없네?

방으로 가서 옷장 서랍을 열었다. 비밀 금고 속 금괴처럼 와인이 모습을 드러냈다. 금괴 일련번호를 확인하듯 라벨을 하나하나 살펴보다가 프랑스 북부 론*Rhône* 지역 출신을 골라 들었다.

도멘 갸롱 꼬뜨 뒤 론 라 파 데 비방 2021

Domaine Garon Côtes-du-Rhône La Part Des Vivants 2021

그래! 괜찮겠는데? 이 녀석을 고른 이유는 시라*Syrah* 품종을 베이스로 한 와인이기 때문이다(그르나슈*Grenache*, 무르베드르*Mourvedre*가 소량 섞여 있음). 다른 사람들은 어떨지 모르겠지만 나는 시라를 마시면 윤곽선이 뚜렷하고 색채가 단순한 알퐁스 무하 그림 속 여인이 떠오른다.

무하의 그림, 〈황도 12궁〉을 보자. 현기증을 유발할 정도로 현란한 배경 한가운데에 굵은 윤곽선과 모노톤 피부색의 여인이 그 단순함 덕분에 직관적이고 강렬하게 존재감을 드러낸다. 이 그림의 구도를 음식과 와인에 투영해보자. 온갖 재료와 소스로 한참을 끓여 우러나온 달짝매콤하고 자박한 국물. 그 국물에 푹 삶아진 소고기 특유의 묵직한 육향과 질감. 대편성 오케스트라와도 같은 이 현란한 맛의 융단폭격을 뚫고 와인이 존재감을 드러내기 위해서는 알퐁스 무하 그림 속 여인과도 같은 직관적이고 강렬한 와인이 필요하지 않을까.

알퐁스 무하, 〈황도 12궁〉

시라 특유의 정직한 보랏빛, 그리고 네온사인만큼이나 선
명한 풍미는 시각적으로도 미각적으로도 그 까다로운 조건을
충족시킬 것이 분명하다. 그러고 보니 제법 오랜 기간 시라를

마시지 않았다. 한동안 소갈비찜을 영접하지 않았기 때문이리라.

맵찔이 둘째를 위해 가장 덜 매운 옵션을 선택하고 고기를 먹지 않는 아내를 위해 버섯, 감자, 당면 사리를 한껏 추가해 배달 주문했다. 바쁘지 않은 시간대라 그런지 예상보다 훨씬 일찍 도착했다. 용기에 담긴 빨간 국물 위에 감자, 당면, 콩나물, 버섯, 소갈비, 가래떡이 그야말로 아무렇게나 떠 있다. 그 무질서한 정도는 엔트로피 법칙이 음식 외관에서도 관철됨을 주장할 근거로 활용할 수 있을 정도다.

혹시 맛도 무질서한 거 아냐? 그러면 곤란한데. 일단 감자부터 집어 들었다. 어라? 그다지 힘을 주지 않았는데도 젓가락이 감자 몸통을 파고든다. 오호! 입에 넣고 씹는데 뜨끈한 온기를 품은 이 구황작물이 푹 익은 고등어조림의 무처럼 흐물흐물 부서진다. 그 풍미가 참으로 가지런하다.

드디어 본론이다. 천연덕스럽게 떠 있는 소갈비 한 점을 탐욕스럽게 낚아챘다. 젓가락 센서로 감지한 정보에 의하면 육질이 제법 부드러울 것으로 예측된다. 단번에 구강으로 투하해 잘근잘근 씹으며 혓바닥, 구강, 비강 곳곳에 존재하는 온갖 감각세포를 총동원해 분석에 들어갔다.

제대로 삶아 기름기가 쫙 빠진 육질의 담백함이 일단 합격. 고기를 결대로 씹을 때와 어긋나게 씹을 때의 미묘한 식감 차이가 재미와 흥미를 유발한다. 퍼석퍼석하던 구강 내부는 어느새 우러나온 육즙과 국물이 뒤섞여 촉촉하고 질퍽하다. 씹을 때마다 건강해지는 기분이다. 고급 휘발유를 주유한 차의 기분이 이러하려나. 1L에 15.3km는 거뜬할 것 같구나.

소갈비찜의 여운이 채 가시기 전에 냉큼 손을 뻗어 잔에 담긴 보랏빛 액체를 맞이했다. 와인을 전혀 모르던 시절, 만화 《신의 물방울》에서 주인공이 사토 마고를 마신 후 클레오파트라를 떠올리는 부분에서 혀를 차고 고개를 저었다. 아무리 만화라지만 정도껏 해야지! 그런데 2024년 6월에 나는 도멘 갸롱의 시라를 마시며 알퐁스 무하 그림 속 여성을 떠올린다. 이 무슨 민망한 내로남불인가.

도멘 갸롱! 와인을 꽤 잘 만든다고 들었는데 2만 원대 후반의 몸값으로 이렇게나 즐거움을 선사하다니. 절륜한 가성비

네. 무엇보다도 프랑스다운 균형감이 인상적이다. 뛰어난 품질로 유명한 호주의 시라즈(호주에서는 시라를 시라즈라고 부름)가 과실 향 '뿜뿜'에다가 노골적으로 진득하다면 프랑스의 시라는 상대적으로 차분하고 정돈된 우아함이 특징이다.

소갈비찜과 프랑스 시라의 컬래버레이션를 한껏 탐닉하다가 문득 그런 생각이 들었다. 와인을 여성에 비유하는 건 시대에 뒤떨어진 표현이 아닐까? 척척박사 친구(챗지피티)에게 의견을 구하니 성평등과 성 다양성에 대한 사회적 감수성이 높아지고 있으니 성 고정관념을 강화하는 표현은 피하라고 한다. 알퐁스 무하의 그림 속 여성에 비유하는 건 어떠냐고 구체적으로 물었다. 무하의 작품 속 여성은 대체로 고전적이고 이상화된 아름다움을 담고 있으니 그 예술적 맥락을 이해하고 존중하는 방식으로 접근한다면 괜찮겠다고 조언한다.

역시 똑똑한 데다가 개념도 제대로 탑재되었다. 푼돈으로 매번 이렇게 도움을 받으니 그저 고마울 뿐이다. 너와 음성 대화를 나누다 보니 우아하고 기품 있는 지혜의 '여신' 미네르바가 떠오르는구나. 아뿔싸! 미안! 이 반백 살 아재의 젠더 감수성은 여전히 갈 길이 멀다 싶다.

가족이란 그런 것이다

샴페인과 킹크랩

삼십 대 초반이었던 2006년에 첫 책을 출간하고서는 생각지도 못하게 제주여민회로부터 강의 요청을 받았다. 비행기를 탄 것도, 제주도를 가본 것도, 그때가 처음이었다. 뒤풀이 술자리에서 제주도 멸치를 대가리부터 고추장에 푹 찍어 잘근잘근 씹었다. 그 비릿하고 진득한 바다 내음, 연이어 들이켰던 한라산 소주의 서늘하고 쌉쌀한 청아함은 여전히 기억에 남아 있다. 하나부터 열까지 처음이었기 때문이리라.

그 후 업무 혹은 여행으로 여러 번 제주도를 방문해 이곳저곳 둘러보았는데 유독 인상에 남은 관광지는 주상절리다. 자연에서 관찰되는 암석은 대체로 불규칙한 형태를 띠기 마련인데, 주상절리는 육각형 단면의 커다란 돌기둥이 벌집처럼 규칙적으로 붙어 있어서 단번에 눈길을 끈다. 그 규칙적 형태와 배열은 마그마의 급속한 냉각 때문임이 현대과학으로 밝혀졌지만, 먼 과거의 조상들은 초자연적 존재의 의지와 힘이 작용했다고 오해할 법도 하다.

십여 년이 훌쩍 지나고 때는 2023년 11월 18일 토요일. 오후 3시를 조금 넘어선 시간에 나의 구강에서는 미각의 주상절리가 펼쳐지고 있었다. 그 귀하신 레드 킹크랩을 영접하고 있었기 때문이다. 킹크랩과 주상절리가 도대체 무슨 상관이냐고? 갓 쪄 나온 킹크랩 다리의 뾰족하고 딱딱한 껍질을 열어젖히면 함박눈을 꽁꽁 뭉쳐놓은 듯 새하얗고 두툼한 게살이 드러난다. 포크를 들고 살을 주욱 긁어본 사람은 안다. 뜨끈한 게살에는 주상절리처럼 결이 있고 층이 있다는 사실을.

결대로 찢어져 포크에 매달린 채 바들바들 떨고 있는 살덩이를 한입 베어 씹다 보면 짭조름하고 탄탄한 게살이 도미노가 쓰러지듯 입안에서 층층이 부서지는데, 그 묘한 질감은 제주도 주상절리의 규칙적인 구조를 떠올리게 만드는 구석이 있다(제일 큰 집게발 속살이 특히 그러하다). 킹크랩을 최초로 쪄 먹은 호모 사피엔스는, 평범한 음식과는 차원을 달리하는 이 비현실적인 맛에서 초자연적 존재의 의지와 힘을 떠올렸을지도 모르겠다. 우야튼 겁나게 맛있구먼.

내 삶에서 킹크랩을 영접한 건 사실 그렇게 오래되지 않았다. 2015년 9월의 어느 날 우연히 마신 와인에 홀딱 빠져서 엥겔지수 100%에 도전하는 '노빠꾸' 미식의 삶으로 돌입하고 나서야 만나게 됐으니 말이다. 대가리에 고추장 바른 제주도 멸치나 한라산 소주도 나름 인상적이었지만 킹크랩을 맛본 순간과 비교할 수는 없다. 충격으로 헛웃음이 나올 정도였으니까. 돌이켜보면 당시는 그 놀라움을 표현할 언어가 준비되어 있지 않았다. 처음이었으니까. 어쩌면 프로 작가이다 보니 입금이 예상되지 않아 적절한 언어가 떠오르지 않았을지도 모르는 일이다.

푹 찐 갑각류를 섭취할 때면 이것 외에 다른 주종을 떠올린 적은 없다. 샴페인 말이다. 마침 집에 보관 중인 델라모트 브뤼*Delamotte Brut*, 드보 퀴베 디 브뤼*Devaux Cuvée D Brut* 중에서 심사숙고 끝에 델라모트 브뤼를 선택했다. 판단의 근거는 샤르도네 비율이다. 샴페인을 만들 때는 샤르도네, 피노 누아, 피노 뫼니에 이렇게 세 품종이 주로 사용되는데, 양조 정보를 찾아보니 델라모트 브뤼는 샤르도네 60%, 피노 누아 35%, 피노 뫼니에 5%를 섞었고, 드보 퀴베 디 브뤼는 피노 누아 55%, 샤르도네 45%를 섞었다. 델라모트 브뤼가 샤르도네 비율이 15% 정도 높아서 더 상큼하고 해산물과 잘 어울릴 것으로 판단했다.

잔에 따라 향을 맡고 한 모금 입안을 적셔보니 샴페인 특유의 이스트 향기도 적당히 있고 샤르도네 비율이 높은 샴페인에서 기대할 수 있는 상큼함도 보여준다. 놀라운 것까지는 아니지만 모자람 없이 기본기에 충실하니 음식에 곁들일 용도로는 안성맞춤이다. 뽀글뽀글 올라오는 샴페인의 기포가 해변가 주상절리에 주기적으로 부딪히는 파도의 하얀 기포처럼 느껴지는 건, 층층이 부서지는 킹크랩을 먹고 있기 때문일 것이다.

4인 가족이 식탁에 둘러앉았건만 쥐 죽은 듯 조용하다. 특별한 진미를 먹을 때나 일어나는 기현상이다. 오물오물 우물우물 우적우적 냠냠. 누군가 살이 허옇게 붙어 있는 다리 짝을 앞에 놔두고서 굳이 하나 더 확보하겠다고 손을 뻗는다. 하지만 손보다 빠른 눈은 그 행위를 실시간으로 포착한다. "건들지마! 손모가지 날아가 붕게"라는 영화 대사가 떠오를 만큼 강력한 제지가 이어진다. 이래저래 눈치를 봐야 하는 바깥 사회생활에서는 있을 수 없는 즉각적이고 단호한 반응이다. 가족이란, 이런 것이다.

"마트에서 파는 게맛살과 차원이 달라. 도대체 그런 가공식품에 어떻게 감히 게맛살이라고 이름을 붙일 수 있지?"

돌연 등장한 아내의 목소리는 대놓고 킹크랩 예찬이지만 솔직히 말해 너무 비싸서 가성비가 떨어지는 건 부인할 수 없다. 킹크랩 주문할 돈으로 마트 게맛살을 산다면 카트에 수북이 쌓일 테니까. 하지만 우리 가족 전 구성원은 지금 이 순간만큼은 가성비가 아니라 하이엔드를 추구하고 있다. 부자들이야 자주 먹는 음식이겠지만, 1년에 한 번 눈 질끈 감고 먹는 우리 같은 사람들에게 가성비 운운하면 좀 야박하지 않은가. 게다가 역사적으로 보았을 때 문화의 발전은 대체로 가성비가 아닌 하이엔드에서 촉발되기 마련이다. 지금 우리 가족은 인류 식문화 발전의 최일선에서 분투 중이다.

한참을 게걸스럽던 두 딸은 느끼해서 더 이상 못 먹겠다며 수저를 놓았다. 참으로 효녀다. 마침 함께 딸려 온 게장비빔밥이 있으니 얼마든지 먹으렴. 아빠는 샴페인 덕분에 느끼함을 모르고 게살을 무한 흡입할 수 있단다. 너희가 샴페인을 마실 수 있는 나이가 되기 전까지는 '어쩔 수 없이' 아빠가 좀 더 많이 먹어야겠구나. 그나저나 토요일 낮의 킹크랩은 한 주를 열심히 살아온 것에 대한 보상 같은 느낌이다. 뭔가 나 자신에게 주는 선물이라고나 할까. 그러고 보니 최근 몇 년간 아내와 선물을 주고받아 본 기억이 없다. 가족이란, 이런 것이다.

그렇게 게 눈 감추듯 먹어대다가 뒤늦게서야 아무것도 메모하지 않았다는 사실을 깨달았다. 와인과 음식에 대해 글을 써야 하는데 말이야. 킹크랩과 샴페인 조합은 나에게 '쓰는 자'로서의 본분을 망각하도록 만들었다. 대상을 살펴보고 냉철하게 평가하려면 적절한 거리감을 유지해야 하는데, 킹크랩과 샴페인을 번갈아 주입하다 보니 그 풍미에 휩쓸리고 견인되어 '먹는 자'로서의 정체성만 남아버렸다.

어느덧 다리 살은 끝장났고 몸통 살만 남았다. 제법 포만감이 느껴지니 이제야 부정父情이 뻘쭘하게 고개를 든다. 라면 홀릭인 중학생 첫째 딸을 위해 신라면에 킹크랩을 투하해 팔팔 끓여서 대령했다. 아버지가 끓인 라면이라 특별한 맛이 난다고 주장하고 싶지만, 그것은 유물론자로서 할 수 없는 이야기다. 킹크랩 몸통에서 우러나온 감칠맛 가득한 게살 풍미가 공산품 스프 국물에 녹아드니 한 그릇에 3만 원이더라도 주문할 놀라운 맛으로 재탄생한다. 마트 게맛살에 부정父情을 한껏 담아 라면에 욱여넣는다고 이 맛이 재현되겠는가. 킹크랩 몸통 살은 관념론에 대한 유물론의 승리를 명백하게 증명한다.

캬! 이거지! 음주 모드에서 해장 모드로 자연스럽게 이어주는 가교 역할이야말로 킹크랩 라면의 장점이다. 평소에 라면을 먹지 않는 나조차도 이것만은 거부할 수 없다. 후루룩후루룩 면치기를 하다가 문득 맞은편에서 같은 방식으로 먹고 있는 첫째 딸을 보았다. 타인이 먹는 장면에서 이토록 흐뭇하고 대견하고 행복한 감정을 느낄 수 있다니. 가족이란, 이런 것이겠지. 아빠가 오늘은 너무 많이 먹어서 미안하다. 다음에는 다리 살도 라면에 넣어줄게.

무지성이라는 사랑

피노 누아와 장어구이

평소 날 보고 반백 살 먹은 큰아들 같다며 투덜대는 아내. 그래도 우리 남편 참 괜찮다고 칭찬하는 포인트가 몇 가지 있다. 그중 하나가 '무지성無知性' 여행 성향이다. 뇌가 발달하지 않은 일차원적 유기체처럼 아내가 짠 여행 일정에 토 달지 않고 졸졸 따라다닌다. 방문할 곳을 지도에 일일이 표시하고 하나씩 도장 깨기 하는 아내로서는 이런 나를 최고의 여행 파트너(짐꾼)로 여긴다.

이번 8박 9일 홋카이도 가족 여행도 전적으로 아내가 이끌었다, 딱 한 번을 제외하고. 그 '유지성有知性'의 순간은 지난 7월 25일 저녁이었다. 무려 내가 앞장서서 가족을 이끌고 향한 목적지는 삿포로 스스키노역 인근의 와인바 '반나츄'. 홋카이도 와인이 그렇게 맛있다는 풍문을 직접 확인하기 위해서였다.

번역 앱과 손짓발짓을 총동원해 주문을 성공적으로 마친 후 차례차례 제공되는 음식과 와인을 학력고사 문제처럼 세상 진지하고 경건하게 영접했다. 이날 홋카이도 와인 세 가지를 각각 잔술로 마셨는데 모두 기대 이상으로 만족스러웠다. 특히 도멘 타카히코 소가Domaine Takahiko Soga의 나나츠모리Nana-Tsu-Mori 와인이 매우 인상적이어서, 혀를 부드러운 양모로 감싸는 듯한 감칠맛과 일본 다도茶道 예절을 떠올리게 만드는 섬세함은 그야말로 명불허전이었다. 내내 헛웃음이 나올 정도였으니.

이 와인의 후폭풍으로 예정에 없던 와인숍까지 방문하게 되었다. 나이가 지긋한 사장님에게 도멘 타카히코 소가는 없냐고 문의하니 '솔드 아웃'이라고 무덤덤하게 답하신다. 워낙 인기 있어 구하기 어렵다더니 사실이었다. 솔직히 말해 가격이 상당한 와인이라 차라리 이렇게 된 게 돈을 아낀 셈인지도 모르겠다.

감칠맛이 좋은 다른 홋카이도 와인을 추천해줄 수 없냐고 물어보니 잠깐만 기다리란다. 어디선가 와인 한 병을 들고 와서는 도멘 타카히코 소가와 느낌이 비슷하다고 추천하는데, 그 녀석의 이름은 미소노 빈야드 피노 누아*Misono vineyard pinot noir*다. 가격은 6,600엔. 홋카이도 와인의 매력에 홀린 상태라 망설임 없이 결제하고 백팩에 챙겨 넣었다. 마침 아내의 눈초리가 예사롭지 않음을 감지하고 즉시 와인숍을 나와 무지성 모드로 전환했다.

길다면 긴 여행을 마치고 7월 31일에 한국으로 돌아왔건만 머릿속에는 여전히 홋카이도 와인의 맛과 향이 맴돈다. 일주일쯤 지났을까? 구입한 홋카이도 와인을 개봉할 적절한 순간이 도래했다. 곁들일 음식을 고민하다가 불현듯 기름진 장어구이가 떠올랐다. 그래. 감칠맛 풍부한 홋카이도 와인에는 역시 감칠맛 음식이 제격 아니겠어? 즉시 배달 앱으로 주문을 넣었다.

셀러에서 와인을 꺼냈다. 코르크 마개 위에 밀랍을 덮는 경우가 간혹 있는데, 이 와인이 그러하다. 예전에는 어떻게 개봉하는지 몰라 허둥댔지만, 지금은 망설임 없이 스크루를 밀랍 안으로 쑤셔 넣고 그대로 코르크를 뽑아낸다. 밀랍은 자연스럽게 부서진다.

먹음직스러운 장어구이가 도착했다. 고추장 양념은 자칫 피노 누아의 섬세한 풍미를 덮을 우려가 있어 소금구이와 간장구이를 주문했다. 배가 고파 일단 소금구이 장어부터 하나 집어서 씹기 시작했다. 한없이 부드럽고 기름진 육질이 포근한 온기를 품고서는 저작 운동을 수행하는 치아 사이에서 몽글몽글 바서진다. 장어만 먹고 살 수 있다면 치아의 딱딱한 에나멜질은 필요가 없겠구나.

이제 잔에 따라놓은 와인을 바라본다. 일반 피노 누아에서 관찰되는 루비 레드가 아니다. 다소 탁한 갈색빛에 누가 보면 물 탔다고 할 정도로 투명하다. 양조할 때 필터링을 하지 않는 게 분명하다. 아마도 내추럴 스타일을 지향하는 듯하다. 향을 맡으니 은은하게 퍼지는 흙, 삼나무, 체리 향이 제법 운치가 있다.

음식과의 근사한 궁합을 기대하며 한 모금 마시는데, 호오! 요만큼도 거슬림이 없는 도가적 무위자연의 맛이 새벽 산허리에 둘린 짙은 안개처럼 은밀하고 조용하게 퍼져간다. 혀를 감싸는 압도적 감칠맛. 느긋하게 올라오는 기분 좋은 짭조름함. 그 사이를 슬며시 비집고 들어와 한가로이 어슬렁거리는 미묘한 신맛과 은근한 타닌. 끊임없이 변하는 맛들의 이 여유로운 시차가 참으로 절묘하다. 무릉도원의 선인들이 와인을 마신다면 이것과 비슷하지 않을까.

문득 홋카이도 비에이의 '청의 호수'가 떠오른다. 청록색 수면 위에 주변의 산과 나무가 데칼코마니처럼 비치는데, 그 비현실적 이미지에 눈길을 사로잡히면 시간과 공간 감각이 시나브로 왜곡된다. 아참! 내가 장어구이를 먹던 중이었지? 신선놀음에 도끼 썩는 줄 모른다더니, 와인 놀음에 장어 식어가는 줄도 모르겠네. 와인에 홀려 장어구이와의 궁합 따위는 망각한 것이다.

이건 6,600엔의 기량이 아닌데? 가격의 몇 배에 달하는 만족감을 얻고 호기심이 들어 와이너리 홈페이지에 접속했다. 내용을 찬찬히 살펴보니 2021년에 홋카이도 요이치 지역의 열

다섯 번째 와이너리로 인가를 받았다고 한다. 유기 비료를 사용하고, 화학농약을 쓰지 않고, 생태계를 존중해 땅도 갈지 않고 풀이 자라는 땅에서 그대로 포도를 재배한단다. 양조할 때는 천연 효모를 사용하며 첨가물이 없고 필터링을 하지 않는다고. 요이치 땅에서 자란 포도 본연의 맛을 살리는 것을 목표로 한다는데, 역시 예상대로 내추럴을 지향하는 신생 와이너리였다.

프랑스 부르고뉴 피노 누아를 어설프게 흉내 내지 않는다. 홋카이도 와인의 정체성과 개성을 담겠다는 철학이 느껴진다. 그 목표를 향한 진지한 노력이 맛과 향에서 차이를 만들어 낸다. 안주 없이 단독으로 마셔도 좋겠다는 생각이 들다니. 이 얼마 만인가.

"이게 마지막 잔이야."

"색이 소고기 핏물 같아."

"필터링을 하지 않는 와인이고 막잔이라 부유물이 많아서 그래."

"오빠가 옛날에 소고깃국 끓여준다며 소고기 핏물 빼던 게 생각나네."

맞다. 그때 간장을 너무 부어서 먹기 힘들 정도로 짰는데, 그 탓에 생생하게 기억하는 건가? 흐흐. 그 짜디짠 국을 아무런 불평 없이 먹어줬던 아내한테도 미안하고…, 눈앞의 장어구이 너한테도 미안하구나. 맛으로도 영양적으로도 온몸을 던져 우리 가족에게 봉사하고, 게다가 와인과의 궁합도 좋았는데 말이야. 아쉽게도 충분히 언급하지 않았다. 너는 참으로 8땡 같은 요리이지만 하필이면 상대 와인이 38광땡인 것을.

아내와 건배한 후 소고기 핏물 같은 액체를 마저 비우고 그 소고기뭇국 시절을 되새기며 들숨과 날숨을 반복하고 있는데 콧속 와인 향이 여전히 선명하다. 그 유명한 도멘 타카히코 소가도 처음에는 신생 와이너리였지 아니한가. 머지않아 미소노 빈야드 피노 누아를 찾는 사람이 상당히 늘어나 가격이 상승할 것 같은 예감이 든다.

그러고 보니 내가 속 편하게 와인 취미를 누릴 수 있는 것도 맞은편에 앉은 아내의 너그러운 '무지성' 음주 덕분에 가능한 것 아니겠는가. 우리는 서로에게 너무나도 사랑스러운 '무지성'이다. 소중한 사람이 행복할 수 있다면 내 지성은 스마트폰처럼 잠시 꺼두는 것도 괜찮지 않을까 싶다.

이렇게 와인을 좋아하게 될 줄 몰랐어

리슬링과 케이크

지금으로부터 거의 삼십 년 전 크리스마스이브였다. 도처에 깔린 커플들의 염장질을 견뎌내기 어려워 도피한 곳은 동네 만화방이었다. 살아온 기간과 솔로였던 기간이 정확히 일치하는 남루하고 후줄근한 남자 대학생에게는 4,000원에 하루 종일 짱박힐 수 있는 만화방이야말로 영혼의 안식처였다. 그곳에서 현실 도피적 해피엔딩으로 점철된 고행석 화백의 만화를 야무지게 읽어줄 심산이었다. 문을 열고 들어서니 마

침 저만치 불알친구 두 녀석이 앉아 있는 것 아닌가. 이심전심에 동병상련이다, 이놈들아!

　주인공 구영탄에 감정 이입해 한참을 읽어 젖히는데 배꼽시계가 알람을 울렸다. 불알친구 두 녀석과 함께 뜨끈한 떡만 둣국이나 먹으려고 나왔는데, 하늘도 우리보고 엿 먹으라는 듯 함박눈을 펑펑 쏟아내는 것 아닌가. 거리에서는 커플들 좋아죽는 소리가 여기저기서 들린다. 연이은 염장질이 치사량에 가까워지자 컴컴하고 우중충한 머슴아 세 명은 약속이나 한 듯 세 번째 알파벳과 여덟 번째 숫자가 등장하는 육두문자를 가래침 내뱉듯 뱉어냈다. 오죽 기분이 더러웠으면 지금까지 그 순간을 또렷이 기억할까.

　그랬던 내가 지금은 분에 넘치는 처자와 결혼해 토끼 같은 두 딸의 아버지가 됐다. 인생이란 기적과도 같구나. 그 옛날 퀴퀴한 냄새 가득한 만화방으로 향하던 발걸음은 어느덧 여의도 콘래드서울 호텔 로비로 향하고 있다. 예약한 크리스마스 케이크를 찾으러 가기 위해서이다. 예전 같으면 저렇게 허세 가득하고 비만이나 유발할 비싼 칼로리 덩어리를 어떤 어리석은 사람이 사느냐고 혀를 찼을 텐데, 이제는 내가 그 어리석은 이가 되어 있다. 마냥 좋아할 가족들의 얼굴이 떠오르기 때문이다.

트리 모양의 단단한 초콜릿 몰드 위에는 말차로 추청되는 녹색 분말이 촘촘히 뿌려져 있다. 반짝반짝 금가루는 케이크 꼭대기에서 밑바닥까지 썰매가 지나간 자리처럼 유려한 곡선을 이루며 한 줄로 미끄러지듯 이어진다. 멋스럽게 주름 잡힌 치마 같아 보이기도 하는 이 케이크는, 그 존재만으로도 반경 1m 공간의 품격을 두 배로 격상시키는 마술을 부린다.

과학자들의 연구에 따르면 인간의 맛 인식은 다감각적이라고 한다. 뇌가 맛이라는 결과물을 생성하는 데 있어서 미각, 시각, 청각, 후각, 촉각 등 모든 감각이 영향을 끼친다는 의미다. 미각과 후각이 맛 인식에 크게 관여한다는 것은 상식이지만, 시각에 대해서는 의외로 잘 모른다.

미국 코넬대의 테리 애크리 박사는 미국 화학회 연례 학술대회에서 화이트 와인 실험 결과를 소개했다. 피험자들은 처음에 화이트 와인을 마시고 열대과일 같은 화이트 와인 특유의 맛을 느꼈다고 답했다. 실험자는 피험자들 모르게 같은 화

255

이트 와인에 붉은색 색소를 타서 재차 맛보게 했다. 그러자 피험자들은 카베르네 소비뇽이나 메를로 같은 레드 와인 맛이 난다고 답했다. 동일한 와인임에도 시각 자극의 변화로 인해 뇌가 다른 맛을 생성한 것이다.

그런 맥락에서 보자면 이 트리 모양의 케이크는 맛있을 수밖에 없는 운명을 타고났다. 최고 수준의 시각적 아름다움을 선사하고 있지 않은가. 특별한 외모의 케이크에 어울리도록 와인 또한 비주얼에 신경 쓰지 않을 수 없었다. 그래서 준비한 게 산타클로스 와인병 커버다. 양말 신기듯 와인병에 씌우면 빨간 모자에 허연 콧수염의 인상 좋은 할아버지가 망충한 표정으로 나를 빤히 쳐다본다. 얼마 전 지인으로부터 선물받은 조세핀 No.1 화이트 잔도 그 빼어난 자태를 뽐내며 등판했다.

산타클로스 커버 속 와인의 정체는 슐로스 요하니스베르그 그륀락 슈페트레제 리슬링*Schloss Johannisberg, Grünlack Spätlese Riesling*이다. 와인 직구 사이트 위클리와인에서 행사 때 상당히 좋은 가격으로 구매한 독일 와인인데, 싱그러운 복숭아, 배, 파인애플 등의 과실 향에 단맛과 신맛의 조화가 상큼하고 우아하기 그지없다. 케이크나 과일 같은 디저트에 곁들여 마시기에 제격이다. 이렇게 벌여놓으니 '보기 좋은 떡이 먹기도 좋다'는 옛말이 자연스럽게 떠오른다.

나름 신경 써서 저녁상을 차려놓고 반주로 샴페인을 준비한 후 아파트 옆 동에 사시는 어머니께 건너오시라고 연락드렸다. 돌이켜보면 청소년기에는 그저 반항만 했고, 청년기에는 멀쩡하게 다니던 직장을 때려치우고 사회과학책 쓰는 작가가 되어 속 썩이고, 장년기가 되어서는 일하랴 두 딸 키우랴 정신없어서 연락도 자주 못 드렸다. 그러고 보니 부모님으로부터 도움만 받았지 제대로 보답해드린 기억이 없다. 이제라도 형편 닿는 대로 맛있는 음식과 술을 준비해 자식을 키운 보람과 기쁨을 느끼게 해 드리고 싶다. 특히 연말에는 더욱 그런 마음이 든다.

팔순 어머니는 오늘도 어김없이 아파트 경로당에서 '나이롱뽕'을 하다 오셨다. 어머님 말씀으로는 1,000원의 행복이라는데, 게임 자체가 재밌는 데다가 판돈이 1,000원이라 잃더라도 큰 부담이 없고 심지어 요즘에는 따기까지 하신단다. 오늘도 따셨는지 현관문으로 들어오시면서부터 함박웃음이다. 할머니 소리가 듣기 싫어 갓 태어난 손녀한테 '민순 씨(어머니 성함)'라고 부르라고 할 정도로 젊게 사시는 분이다.

손녀들 얼굴을 쓰다듬어주시고는 식탁에 앉으신다. 준비된 음식을 하나하나 내어놓고 샴페인을 잔에 따라드렸다. 관자구이 한 점을 씹어 드시고 샴페인을 들이켜시더니 '내 입에는 이게 딱 맞아'라며 매우 만족하신다. 지난번 호주 스파클링 와인은 아쉽다고 하셨는데 좀 더 가격이 있는 프랑스 샴페인은 귀신같이 알아채시네. 흐흐.

드디어 음식보다 비싼 케이크가 납시었다. 이게 뭐냐고 신기해하시는 어머니에게 호텔에서 사 온 놈이라고 말씀드리고 산타클로스 역할을 맡은 '슐로스 요하니스베르그 그륜락 슈페트레제 리슬링'도 따라드렸다. 이 와인은 좀 달다고 말씀드렸더니 '단 술은 별론데'라며 걱정하신다. 달달한 케이크에는 단 와인이 아주 잘 어울린다고 안심시켜 드렸다. 케이크를 드신 후 와인을 조심스럽게 한 모금 삼키시더니 앞선 샴페인보다 더 맛있다며 깜짝 놀라신다. 어머니, 저는 비싼 와인을 귀신같이 감별해 내는 어머니의 미각에 놀랄 따름입니다.

케이크와 리슬링 가격을 물어보셔서 말씀드렸더니 놀라시

면서 "나는 너희와 이렇게 함께하는 것 자체가 행복한 거야. 너무 비싼 건 원치 않아"라고 하신다. 하지만 케이크 열심히 드시고 내 잔의 와인까지 본인 잔에 부어서 드시는 걸 보면 음식과 술이 정말 맘에 드신 것 같아 뿌듯하다. 다음에는 더 좋은 것으로 대접하고 싶은 마음뿐이다.

"내가 이렇게 와인을 좋아하게 될 줄 몰랐어. 마실수록 기분이 업된다니까. 그래서 행복해져."

목소리 데시벨이 급격하게 상승하는 어머니의 모습에서 취기가 느껴져 그만 드시라고 말씀드렸지만 '내가 마시는 게 그렇게 아깝냐'고 농을 하시며 재차 내 술까지 빼앗아 가신다. 사람들의 통념처럼 인간이 본성적으로 이기적이라면 술을 빼앗긴 나는 기분이 나빠져야 하는데, 왜 흐뭇하기만 할까.

행복심리학 연구자인 연세대학교 서은국 교수는 진화심리학의 관점에서 집필한 《행복의 기원》에서 이렇게 정의한다. "좋아하는 사람과 함께 음식을 먹는" 것이 행복이고, "나머지 것들은 주석일 뿐이다". 삼십 년 전 크리스마스이브에 염장질이 치사량에 이르지 않았던 것도 그나마 불알친구 둘과 떡만

듯국을 먹었기 때문이고, 지금 이 순간 이토록 맛있는 와인을 빼앗기고도 기분이 좋은 이유는 한 해를 마감하는 의미 있는 시간에 소중한 가족과 맛있는 음식을 나누고 있기 때문일 것이다. 문득 와인병에 양말처럼 신겨진 산타클로스를 바라보니 그 망충한 표정이 한층 정겨워 보인다.